おいしいふたり暮らし

今日もかたよりご飯をいただきます

小谷杏子 Kyoko Kotani

アルファポリス文庫

https://www.alphapolis.co.jp/

〈目次〉

前菜（プロローグ）

恋愛における夢や理想というものには、愛情さえあれば難なくたどり着けるはずだと本気で思っていたのだが、ここ最近でそれは不可能だと気がついた。

いざ直面してみれば、今までの価値観は虚妄（きょもう）でしかなく、かと言ってすぐに切り替えられるわけでもなく、大きな壁となっている。結婚は恋愛のゴールでありこそすれ、人生のゴールではない。当然、愛だけでは乗り切れない。

真殿修（まどのしゅう）、二十七歳。彼女と同棲生活を始めてほぼ一ヶ月、ようやく現実が見え始めた。

そもそも、去年までの僕は結婚に幻想を抱けるほどに恋愛とは無縁だった。

理想の女性像は？　と訊（き）かれれば「家庭的で」「優しくて」「真面目で」「よく笑うひと」と答えていたし、そうしてあれこれオプションをつけてしまうことで「恋愛」のハードルを上げていた。

そんな僕に青天の霹靂（へきれき）が訪れたのは、去年の五月のことだ。

垣内頼子（かきうちよりこ）は僕より二つ年上の二十九歳。明るく天真爛漫（らんまん）な女性だ。丸顔で小柄。ふんわりと柔らかいキャラメル色の髪の毛。コンタクトよりもメガネ派、茶色や黄色、緑色を好む。

ほんわかと笑顔の絶えない彼女と過ごす毎日は楽しい。束縛はなく、むしろのんびりと自由だし、彼女は博識で面白い。僕にはもったいない女性だと思う。ここまで見てみれば、ふんわりと思い描く「理想の女性像」そのものだ。

そんな最愛の彼女と結婚を考え一緒に暮らし始めたのが、今年の三月。

やはり、それまでは赤の他人だったから、生活習慣の食い違いがときたま僕らの間に暗雲をたちこませることもある。

まず、起床時間が合わない。彼女の仕事はフリーライターで僕は会社勤め。僕が早く起床し、家を出る。彼女はおもに家で仕事をする。

家事にも違いがある。例えば、僕なら靴下を重ねてつま先からロール状に巻くのだが、彼女は靴下の口を折り返してしまう。いわく「タンスの中で片方が逃げることがない」らしいけど、僕のやりかたでも片方が逃げることはない。

掃除機の場合だと、僕はゆっくり丁寧に四隅までまんべんなくかける。対し、彼女はカーペットしか掃除機をかけない。床はフローリングワイパーでちゃちゃっと済ませてしまう。電気代が浮くので、これについては目からウロコだった。

まぁ、掃除も洗濯も、お互いひとり暮らしのころからずっとこなしていたので「気になったらすすんで自分でやる」というのが僕らのベストアンサーとなった。

トイレや風呂の掃除、ゴミ捨てなんかは曜日で決めているし、彼女が連れてきた愛猫、ジンジャーの世話は基本的に頼子が見ており、たまに僕が食事の世話をする程度。

大抵は話し合いで即日解決し、またお互い口うるさく言うのが苦手なので生活は穏やかなものだ。ただ一点を除いて。

一品目　頼子特製チゲ味噌ラーメン

味陽フードマネジメント株式会社は、麹野町の大通りに面したビル群の中に埋もれるようにして建っている。一階がカフェスペースと事務部、二階が企画営業部と広報部、そして三階に僕が勤める部署、食品開発部がある。また、系列であるレストランや仕出し屋、食品工場に勤務する食品事業部もあり、幅広く事業を展開している。

昼休みに入り、会社のデスクで僕は昨晩の残り物を詰めこんだ弁当を広げていた。ついでに、スマートフォンを開く。ニュースやソーシャルネットワークなどのアプリが並ぶ中、カメラのアイコンをタップする。すぐに『カメラをつないでいます』という案内が画面に現れ、電波のような模様がフワーンと広がる。少し待つと、粗い低画質の画面が開き、徐々にクリアな景色となっていく。

やがて、自宅のテレビ横に設置した「安全確認モニター」による部屋の様子が映し出された。リビングのガラステーブルでノートパソコンを広げた頼子の姿がある。それをじっと見つめながら、僕はたわら形のおにぎりを箸でつまんだ。

頼子は真剣な眼差しでパソコンの画面を睨(にら)んでいる。

あの様子じゃ、昼時だと気づいていないな、と思ったら、彼女は腕を上げて背伸びした。パソコンを閉じ、大あくびする。無防備だな。

背後のカナリア色のソファを振り返り、そこで寝そべっているモフモフの毛玉、ジンジャーを指でつついた。が、相手にされない。それでも頼子はジンジャーの長い毛の中に顔をうずめようとする。平和だな。

ジンジャーは嫌がっている。ひらりとしっぽをひるがえし、頼子の頬を冷たく打つとソファから降りていってしまった。これに頼子は嘆くようにうなだれる。残念だったな。すると、彼女が不意に立ち上がった。瞬間、ガラステーブルの足に小指をぶつける。痛そうにさすってリビングを飛び跳(は)ねる頼子。まったく、何をしているんだろう。僕は彼女を追いかけるようにカメラの角度を変えた。キッチンへ向かい、昼飯を用意し始めている。

さて、ここからだ。僕はおにぎりを頬張(ほおば)って観察に集中した。

我が家のキッチンはカメラからでは細かいところまでは見えないが、ズームすれば何を作っているのかなんとなく分かる。縦長のワンルーム型2DKという間取り。オープンキッチンなので部屋を区切る壁がない。

頼子は調理場の脇にある大容量の冷蔵庫から材料を出してきた。

もやしの袋ひとつ。絹ごし豆腐の半切れ、赤いケースは……キムチか。あとはラップにくるんで冷凍していたカット済の豚バラ肉。冷蔵庫を大仰（おおぎょう）な動作で閉めると、その横にそびえるシンプルなミントグリーンの戸棚を開いた。乾麺（かんめん）や米、穀類が収納されている。そこから出てきたのは――


「まさか」


思わず声が出てしまい、僕は慌てておかずをかきこんだ。この動揺を周囲に悟られないようにしながら、注意深く画面を見つめる。

頼子はインスタントラーメンの袋を大げさに掲（かか）げていた。神からの授かりものだと言わんばかりに幸せそうな顔でラーメンの袋を手に小躍りする。僕が見ているのを完全に忘れているな。

僕はきんぴらごぼうを奥歯で噛み締（し）めた。冷たくて甘辛い。鷹の爪も一緒に噛んでいたらしく、舌の端がピリリと痛む。

一方の頼子はというと、シンクで水を流しっぱなしにして、流水で豚肉を解凍していた。もやしの袋を豪快に開けてザルに入れ、解凍中の豚肉の上で洗う。本当にズボラだと思う。

解凍した豚肉を調理台に上げてから、コンロでフライパンを温める。フッ素樹脂加工のそれは僕が熱心に注意したおかげか、今のところ無傷だ。

バターをひとすくい、フライパンに落とす。さらにひとすくい。まだ入れる……どれだけ入れれば気が済むんだよ。

バターが柔らかくとろけるのを待たずに、彼女は豚肉をフライパンに入れた。水で解凍したばかりの肉だから、おそらく水分をたっぷり含んでいるんだろう。そうして水浸(みずびた)しの豚肉は焼けずに、抜け出た水と脂によって茹(ゆ)で上がる。その中に、ザルの中のもやしを一気に投入。これもきちんと水気を切っていないので、さらに水分がフライパンの上に広がっていくだろう。

ふわふわとたっぷりの湯気(ゆげ)が上(のぼ)る中、頼子は楽しげに腰を振りながらフライパンを回した。それから、キムチを追加していく。豆腐を手でちぎってフライパンへ。これを混ぜ合わせていき、やがて火を止めた。

このカメラは音を拾うほどの性能がないので、ここまで無音なのだが、フライパンを跳(は)ねる油の音が脳内でリプレイされるような錯覚をしている。

フライパンは真っ赤な具でいっぱいだ。これをお玉ですくってどんぶりに入れていく。

そして、残った煮汁に水を足した。時短料理をする場合、彼女は同じフライパンですべて済まそうとする。

湯が十分に沸いたところで、頼子はいよいよインスタントラーメンの袋を開けた。その前に、なぜかラーメンの袋に一礼し、手を合わせている。拝んだ後は、これまた豪快に開け、封入されている粉スープや一味を放り投げて、乾麺を湯の中へ沈めた。忙しなく菜箸を動かして、麺の戻りを今か今かと待ち構えている。

茹でること数分。煮立ったフライパンを一生懸命見つめ、頼子は眉根を寄せたまま粉スープの袋を開けた。サラサラとフライパンの中へ入れる。そして、菜箸にからんだスープを舐め、思案顔で首をかしげた。麺を茹でたまま、コンロから離れる。

頼子は冷蔵庫を開け、上段にある調味料を物色した。減塩米麹味噌のパックと生姜チューブが出てくる。あ、なるほど。それで味を足すわけだ……って、感心してる場合じゃない。

僕は画面を切り替えて、トークアプリにメッセージを入れた。再びカメラに戻る。

頼子は僕のメッセージに気づかず、味噌をスプーンでひとすくい、フライパンの中心に落とした。生姜チューブもひとしぼり。これを菜箸でかき混ぜていく。フライパンを傷つけないように注意してくれているが、僕のメッセージには絶対に気づかない頼子である。スマートフォンはリビングのガラステーブルに置かれたままだ。

なんだか僕は敗北を味わっていた。ほうれん草のごま和えが鉄っぽく感じる。片や冷めきった残飯弁当、片やホカホカの添加物たっぷりなラーメン。向こうの飯が豪華に見えてしまうのは僕の気のせいだろうか。

　スープと麺が出来上がったのか、頼子は具材が入ったどんぶりに流しこんだ。ここでも雑で、具材が下になっていても構わない。菜箸で麺と具材を反転させ、そうすることで全体にスープの旨みが行き渡る。

　フライパンをシンクにつっこんで水にさらすと、さっそくどんぶりをリビングへ運んできた。カメラも彼女の動きに合わせて正面に戻す。テーブルの上に置かれたスマートフォンには見向きもせず、彼女はどんぶりを見下ろしてありがたそうに目をキラキラ輝かせた。箸を持ったまま手を合わせ「いただきます」と言う。僕には声が聞こえないので、口の動きだけでそう判断している。

　特製チゲ味噌ラーメンは、彼女の箸によって具材が上にこんもりと盛られていた。麺がはみ出しているが、家で飯を食うとき見栄えなんかどうだっていい。

　赤茶色のスープの中でくたくたになったキムチと、ほろほろの豆腐、薄く透き通ったもやし、バラ肉が一様に湯気を立ち上らせている。

　頼子はメガネを外した。そして鼻の穴を膨らませ、箸をどんぶりの中へつっこんだ。

まずは麺から食べる。

ほどよくまろやかで、とろみのあるチゲ味噌スープにインスタントの縮れ麺がよくからんでいる。一気にすすり上げ、咀嚼。

頼子は天井を仰いだ。バラエティ番組などで、高級料理を食べるタレントみたいなリアクションだ。たかがインスタントラーメンでそこまで感極まらなくてもと思うが、うまそうなことだけは間違いない。

食欲は十分にそそられているようで、今度は豚肉とキムチに箸を伸ばした。熱々の具材に舌が火傷しそうなのか、彼女は「はふはふ」とあえいだ。呑みこむ前にもやしと豆腐を口に入れていく。とどまるところを知らない箸は、それからも丁寧に具材と麺を行ったり来たりした。息つく暇もない。

ひととおり食べ、いよいよれんげをつかむ。とろとろのスープは濃厚で、キムチの酸っぱ辛さと味噌の甘みがほどよく中和されているようだった。実際、うまいと思う。

スープにはほんのりとバターの塩気と優しい口当たりがプラスされているはずだから、当然こってりしているんだろう。結局、一番うまいのは脂だ。

僕はさっぱりとした春雨サラダをすすった。味噌の濃厚な味には程遠く、甘酸っぱいだけ。

「何見てるんですか？」

急に横から冷ややかな声が聞こえた。すぐさま振り向くと、先輩男性社員、湯崎淳が半眼で僕のスマートフォンを覗き見ていた。慌てて画面を裏返す。

「ひとのスマホを見るもんじゃないですよ」

「いや、見ようと思って見てるわけじゃないですし。なんすか、それ？　飯テロ動画？」

彼は覇気も愛想の欠片もない声で訊いてきた。僕より三つほど年下のはずだが若さが足りない。そして、言動に悪意はないものの一言余計だ。

「えーっと……そういうものじゃないんですけど。ちょっと、彼女の様子を」

「彼女の様子？　え、監視？」

「あ、そうそう。そんな感じ……じゃない」

彼の眠たそうな目が軽蔑的な色を浮かべたので、僕は慌てて立ち上がった。

「違う！　あの、そういう意味じゃなくて！　待って、やめてくださいよ、その目！」

不審なものを感じたのか、湯崎さんは一歩ずつ僕から後ずさっていった。

まずい。このままじゃ、会社で彼女の動向を監視しているモラハラ彼氏だと認定される。なんとか誤解をとかないと。

あたふたと言葉を考えていると、二つ隣の席の女性社員、安原優希までが好奇心たっぷりに加わった。

「何なに、どうしたのー？」

「あ、安原さん。やばいっすよ。真殿さん、会社で彼女の監視してる」

湯崎さんが容赦なく言い放（はな）った。途端に、安原さんが笑顔のまま固まる。そして、大きく目を見開き、湯崎さん同様に軽蔑（けいべつ）的な目で僕を見た。

「うーわー。まじかぁー。真殿、まじかぁ。あれだ、モラハラ彼氏」

「だから違いますって！」

そんな必死の弁明も、湯崎さんの証言によってかき消される。

「でも動画見てたじゃないですか。彼女の昼飯をチェックしてました」

「そうですけど！　いや、違います。これにはいろいろと深い事情があって……」

ダメだ。何を言っても怪しい。状況が不利になるだけで、ますます僕の胡散臭（うさんくさ）さが目立った。湯崎さんは眉をひそめるし、安原さんは腕を組んで威圧的に言う。

「罪人はみんなそう言うのよ。おとなしそうなひとに限って、腹ん中で何考えてるか分かんないの。いいひとそうに見えて、実は……みたいな」

「ひとは見かけによりませんからね」

安原さんの言葉に、湯崎さんまでもが真面目くさった様子で頷く。僕はげんなりとふたりを見つめた。

「僕、そんな風に見えます？　モラルに欠けたハラスメント彼氏に見えますか」

「見えないから怖いって言ってんの。真殿はそっちタイプだったのねー。真面目な優男を装ってさぁ、家では胡座かいて、彼女を顎で使ってるんでしょ。あーあ、おそろしや」

「だから違いますって。わけも聞かずに決めつけるのはよくないです」

なんだか反論するのも疲れてきた。そんな僕に、安原さんが追い打ちをかけてくる。

「モラハラ予備軍はここで沈めるしかない」

口元だけで笑い、平坦な眉毛と細めた目で僕を見てくる。声が怖い。しかも、沈めるってなんだ。

「まぁまぁ、言い訳くらいは聞きましょうよ。そこから沈めるかどうか判断ってことで」

湯崎さんが止めに入る。ちょっと笑っているところから、どうやら僕の慌てぶりを面白がっているようでもあった。

沈められるのは御免だ。僕は観念してスマートフォンをふたりに見せた。

「――えーっと。僕の彼女は、偏食家なんです」

しぶしぶ話し始めると、スマートフォンの画面が明るくなった。頼子からのメッセージが届き、【ごめーん。全部食べちゃった】という文字が踊る。僕は肩を落とし、同僚たちの厳しい視線に耐えた。

「それで、今は一緒に住んでて、彼女は家で仕事をしてて。目を離すと昼飯を食べなかったり、お菓子で済ませたり、はたまた好きなものを際限なく食べたり……そこまで僕が干渉することもないんですが、彼女にも健康的な食生活を送って欲しいわけで」

あれ？　なんか本当に言い訳を並べてるみたいじゃないか、これ。

言いながら気づいたが、口ごもると怪しさが余計に増すような。吐けば吐くほど自分の首を絞めてるような気がする。

「で？」

高圧的な安原さん。その声に逆らえず、僕はボソボソと白状した。

「えーっと、それで、僕も結婚を前提に真面目にお付き合いをさせてもらってるので、彼女と話し合ったんです」

それは一週間前のことだ。

彼女と生活を始めてみて、一日の流れやサイクルなんかが分かるようになってきたころ。帰宅して、スナック菓子の袋がゴミ箱に捨てられているのを発見した。しかもかなりある。そのときは軽く「お菓子を食べたんだろうなぁ」くらいにしか思わなかったが、彼女がソファで横になっていたのですぐに不審に思った。

「どうしたの？」

上着を脱いでハンガーにかけながら訊くと、頼子はどんよりと具合が悪そうな顔を向けてきた。

「胃もたれ」

「胃もたれ？　なんでまた……」

すぐに、ゴミ箱の中身を思い出す。油分たっぷりのポテトチップスやコーン菓子、あられもあったような。

「まさかあの量をいっぺんに？」

「アイスとチョコとコーラもね。さすがにきつかったなぁ。胃が衰えてるのかも。締め切り明け祝いだったのに」

「いや、胃袋だけのせいじゃないだろ、それ」

このツッコミに、頼子は「でへっ」と茶目っ気たっぷりに舌を出して笑った。

「あの、こういうことはあんまり言いたくないんだけど」

ここは心を鬼にしてでも言うべきだ。

ソファに近寄り、姿勢を正す。寝そべる頼子をまっすぐ見つめて言った。

「頼子は朝と昼、ちゃんと食べてる？」

「食べてない」

まぁ、なんとなく想像はつく。家で仕事をしていると、作業と休憩時間のメリハリがつかなくなってしまうことはよくあるが、彼女もそうらしい。仕事が詰まっているときは平気で食事を抜くみたいだ。

「毎日三食、きちんと食べたほうがいいよ。ていうか、食べないとダメだ。生活習慣の乱れが不健康につながるわけで……そんなこと言わなくても分かるだろうけど」

「まぁ、そうなんだけどねー。でも、朝ご飯は気分によるし、昼ご飯も気分によるし、夜は修くんのご飯が楽しみだし。修くんのご飯が食べられるなら、別に朝と昼をこだわらなくたってねぇ」

「……そういう話をしてるんじゃないんだよ」

笑う頼子に厳しい言葉をかけるも、僕の口元も笑っていた。

ダメだ。真面目に話さないといけないのに、頼子がさらっと僕の心をくすぐってくる。絶妙に嬉しいポイントを押さえているからタチが悪い。怒るに怒れない。

咳払いして空気を戻した。真剣に彼女を見る。

「あのね、僕は頼子と結婚したいんだよ」

「うん。それを前提に一緒に住んでるわけでしょ。まぁ、その時間は必要だよね。お泊りしたことないし、デートもできなかったし、どっちとも生活が謎だったもんね」

頼子はさも当然のように言った。

三月の頭から僕たちは、結婚を前提に一緒に住んでいる。今は家事やお互いのルールを決めていき、様子を見ましょうっていう時期だ。

「ここで、僕からひとつ提案がある」

「はぁ」

「食生活を改善してください」

「なんで？」

キョトンとした表情になる頼子。僕は肩を落としてうなだれた。

「なんでって……そりゃあ、この先、結婚して子どもができても頼子がそのまんまじゃ心配だからだよ。しばらくは平気でも、ゆくゆくは考えてもらわないといけない。それに、僕が夕飯を作るだけで、きちんとした食生活ができるとは思えない」

「ほぉ」

頼子はいたく感心したように唸（うな）った。僕の切実な訴えが通じたらしい。

「でも、規則正しい食生活ってピンとこないんだけど」

訴えは通じても、思考までは伝わらないものである。僕は苦々（にがにが）しくも笑いを交えながら言った。

「朝、昼、晩きちんと食べるだけでも変わるよ。それからゆっくり、野菜の摂りかたとかバランスを考えていけばいいんだし」

「でも、面倒じゃない？　あたし、絶対三日坊主で終わっちゃうよー」

「それを意識してやって欲しいなってお願いしてるんだよ。でないと、このままじゃ君と結婚できない」

僕の言葉に、頼子は固まった。雷に打たれたかのようなショックを受けている。

「け、結婚できない……って、そんな」

「だって、こうしてお菓子食べすぎて胃もたれしてるし、これからが心配だよ。僕が三食作るってのもいいけど、会社に勤めながら毎日三食用意するのはハードルが高いし。繁忙期は夕飯どきに帰れないこともあるし」

「修くん、そんなとこまで考えてるんだね……さすがだわ」

頼子は深く感心していた。ショックは大きいみたいだが、何やら神妙に頷き始めている。これは期待できそうだ。

「ゆっくり考えてよ。別に今すぐ答えが欲しいってわけじゃないから」

そう言って、僕はリビングから離れた。部屋着に替えて、冷蔵庫の脇にかけてあるエプロンを取る。キッチンに立ち、夕飯の準備を始めた。

一方、頼子はソファで深く考えこんでいた。

偉そうなことを言ったが、僕だって規則正しい食生活を送っているかと言われたらそうではない。

昼はたまにインスタントで済ませるし、お茶請けに菓子だって食べる。糖質の高いジュースを飲むし、酒も飲む。こと細かにカロリーを気にすることもない。不摂生かと言われたらそうでもないが、かといって正しくもない。そもそも、バランス食なんて思考も持っていない。

しかし、最低限のことくらいは守るべきだ。胃もたれを起こすほどにスナック菓子を大量に食べるようなバカな真似はしないし、させたくないのだ。

その日の夕飯は、ホールトマトとミートボールの煮こみと、ご飯、レタスの上に盛ったあらつぶしのポテトサラダで、我ながら彩りも栄養バランスもいい食事だと思う。トマトは消化にいいから、疲れた胃腸にも優しい。とは言え、無理して食べることはないし、そもそも頼子の箸は進まなかった。それでも意地になってゆっくり食べている。

「あ、そうだ」

ポテトサラダをもくもくと食べていると、頼子が急に思い立ったように言った。

「だったらさ、修くんがあたしのこと監視してよ」

「は？」

箸でつまんだレタスが、トマト煮こみの上に落ちていく。

今「監視して」って言った？　どういう意味だろう。

首をかしげると、頼子は食卓から離れて寝室に向かった。それまでぐったりしていた素振りはどこへやら、やがてバタバタと何かを抱えて戻ってくる。真四角のコンパクトな安全確認カメラだった。

「これ！　あたしが会社で働いてた時代に、ジンジャーの様子を見るために買ったの。でも、今はもう家で仕事してるじゃない？　だから、お役御免だったんだけど、どうやらまだ使い道がありそうね」

「ちょっと待って……えーっと、何？　僕がこれで君のことを監視するの？」

「そうだよ」

あっけらかんとした答えに抱いたどこかすっぱい気持ちは、トマトの酸味をはるかに凌駕する。僕は箸を置いた。

「やだ」

シンプルにそれだけ返す。

僕が頼子を監視？　昼間に彼女の様子を抜き打ちで見ろと言うのか。なんだそれ。冗談じゃない。

そんな僕の抵抗をよそに、頼子はキョトンと訊いてきた。

「どうして？」

「いやいや、だって、普通に考えておかしいだろ。僕だって仕事があるのに……そもそも倫理的に問題だよ。なんで彼女の動向を監視しなくちゃいけないんだよ。それになんか束縛してるみたいじゃないか。絶対に嫌だ」

「あなた、あたしと結婚する気、本当にあるの⁉」

頼子も負けてはいなかった。カメラをドンッと勢いよく置いて、眉を上げて僕を見下ろす。そんな彼女の迫力に、不甲斐なくも気圧された。

黙りこむ僕を見て、頼子はますます調子に乗る。

「だいたい、規則正しい食生活を押し付けてる時点で束縛だよ！」

「それは絶対に違う」

「……違うかもだけど」

ちょっと間が空いたぶん、彼女にも良識はあるようだ。とは言え、確かに僕も理想を押し付けていたかもしれない。そこは素直に反省しよう。

「あのね、頼子。食生活の改善は、何も押し付けたいわけじゃないんだ」

なだめるようにホールドアップすると、頼子も少しは落ち着いた。静かに椅子に座る。彼女の顔を窺いながら、僕は穏やかに言ってみた。

「でも、家に帰ってきたら、君が胃もたれでぐったりしてると心配になるし、これからもそんなことがあると思うとやっぱり心配で。それなら改善を促すほうが手っ取り早いだろ。何より、お互いに負担がない。君は偏食しなくなるし、僕は安心する」

これくらいオーバーに言えば分かってくれるだろうか。

しかし、この「心配」のオンパレードは裏目に出た。

「だったらやっぱり、あたしがちゃんとできるようになるまで監視してよ。気づいたときにカメラ動かしてさ、ちょっと気になるなーって思ったときだけでいいから。ペットの様子を見る感覚で、ね？」

「君はペットじゃないし、人間だし、良識のあるひとだと思ってるよ。僕は君を信じてる。ていうか、信じさせて」

「ダメよ！　そんな生ぬるいこと言ってたら結婚できなくなる！」

頼子の言葉はとにかく鬼気迫るものがあった。僕が不用意に口にした「結婚できない」が響いているのだろう。まったく、言葉というのは選択が極めて難しい。

でも、ここで頷くわけにはいかない。僕の中の理性が全力で首を横に振っている。考えるふりをして渋っていると、頼子は「はっ」と合点がいったように手を打った。

「あ、分かった。〝監視〟って言葉が嫌なのね」

「違う、そうじゃない」

「だったら〝観察〟って言えばいいよね。お昼ご飯のときだけチェックする、みたいな。そういう軽い感覚で見てくれればいいの。で、あたしが不摂生してるなって分かったら連絡して。ね、お願い。あたし、ひとに見られてないとできないタイプだから！」

「ええ……」

自己分析はできるのに、どうして制御はできないんだろう。一緒に生活して二週間、彼女の生態に謎が深まる。

監視じゃなくて観察ね……ものは言いようだ。それだけで気が軽くなってしまう。

いや、でも。うーん。やっぱり間違ってる。

「はい、じゃあそういうわけで、よろしく！」

考えている間に、頼子の中では話がまとまっていた。

カメラを渡され、あれよあれよという間にカメラと連動したアプリをインストールされ、僕は翌日から彼女の食生活を〝観察〟することになった。

＊＊＊

「はぁー。何よそれ、惚気か！」

長い説明を聞き終えて、安原さんが呆れたため息を吐き出した。ワークチェアの背にもたれて、やる気なくクルクルと回転する。

「でも、やってることは傍から見ればひどいのよね。普通に嫌だわ」

「つーか、従う真殿さんもアホですけど、彼女もめんどくさいひとっすね」

湯崎さんの容赦ない感想に僕は眉を下げた。他人の彼女をこうも簡単に酷評するのはいかがなものか。腑に落ちない。モヤモヤとしていると、安原さんが声を上げた。

「いーや、私から言わせてもらうと、真殿のほうがめんどくさい。食べ物くらい、好きに食べさせろ！　やっぱりモラハラ予備軍ね！」

「だからなんでそうなるんですか！　僕は嫌がってるのに！」

今の話をどう聞いたらその結論に結びつくんだ。

僕は助けを求めるように湯崎さんを見た。でも、彼は鼻で笑って肩をすくめるだけで頼りにならない。恨めしく安原さんを見た。

「だって、なんだかんだ言って結局は気になってるんでしょ？　嫌がってる割には素直に監視してるじゃない。どうなの？」

「……まぁ」

否定できないのが悔しい。安原さんは「ほら見なさい」と勝ち誇った目を向けてきた。湯崎さんの表情は変わらずだが、もう興味がなさそうなことは分かる。

「いい、真殿」

ずいっと人差し指を突きつける安原さん。僕はのけぞって、その指を見た。

「いくらかわいい彼女からのお願いとは言え、こういうことがどんどんエスカレートして当たり前になったらダメよ。最悪の場合、終わるから」

「終わる……って？」

「結婚どころか、破局は免れない。それもズブズブとふかぁぁい闇に沈んでいく未来が見えるわ」

安原さんの声は低く、さらにその目がランランと光っているので、恐しさが倍増した。ゾクリと背筋が寒くなり、顔がひきつっていく。

「ま、まさかそんな……」

「習慣というのは侮(あなど)れないんだからね」

　その目からは、ただならぬオーラを感じる。過去の実体験らしき片鱗（へんりん）が読み取れてしまい、もう笑っていられず、椅子に縮（ちぢ）こまるしかない。僕は肩を落としてスマートフォンの画面を見ながら「はい」とつぶやいた。

　ぼんやりと自分の未来を想像し始めたのは、頼子に出逢ってからだろう。「偏食はダメだ」と言いながら、僕も最近までは自分の生活がおろそかだったんだ。

　頼子に出逢って、世界が変わった。理屈なんてなく、ただ単純に彼女と一緒にいたいと思った。今の生活はとても気に入っている。

　――習慣というのは侮（あなど）れないんだからね。

　安原さんの怖い発言を振り払うかのように、僕は頭の中で頼子のことを考えた。

　最愛の彼女のためとは言え、カメラを使うのは間違いではないか。そこまでして偏食をやめさせたいのか。いや、家事や身なりが大雑把（おおざっぱ）な面は許せても偏食はダメだ。

　そんなことを考えていたら、自宅の最寄り駅に着いた。ビル街の大通りから細い小道を通り、川沿いを歩いて帰路につく。ズボンのポケットからスマートフォンの通知音が鳴った。頼子からのメッセージだ。

【今日は味噌鍋焼きうどんにしよう！】

元気な文字と、その横に花の絵文字がくっついている。

「昼間、味噌ラーメン食ってただろ」

画面にツッコミを入れてもどうにもならないが、なんだかおかしくなり、つい噴き出した。すると、こちらの心情を悟ったかのように、再びメッセージが送られてくる。

【味噌の賞味期限がそろそろだからさ、使い切っちゃおうよ】

普段は食に関心がないくせに、こういうところは几帳面だ。

僕は瞬時に思考を巡らせた。鍋焼きうどんなら、鍋の具材をたくさん作っても明日の昼に使い回せる。それに、野菜もそろそろ古くなるものがあったような。もやしは昼に頼子が使ったから、買い足しておかないと。

観察のおかげで冷蔵庫の中身まで把握できてしまう。この一週間、その便利さにすっかり慣れかけていた。釈然（しゃくぜん）としないながらも夕飯のプランが立ち、すぐさま返事を送る。

【分かった。買い物して帰るよ】

いまだに、この何気ない一言を送り返すのが気恥ずかしい反面、嬉しくもある。

アスファルトの地面に踏み出すと、目の前を冷たい風が通り過ぎた。今日は少し冷える。顔を上げると、残りわずかな今日の太陽に照らされ、桜並木がオレンジに染まっていた。きれいだ。

川沿いの桜並木にピントを合わせ、カメラのシャッターを切った。

この町は橙門(だいだいもん)という地名で、よく晴れた日の夕方は一帯が濃厚なオレンジに染まる。大昔、町の入口に派手な朱色の門を作ったからそう呼ばれるようになった説と、この土地は古くから稲作が盛んで、のっぺりとした田園にまんべんなく夕陽がかかることから、橙と呼ばれるようになった説がある。

今じゃ田園の面影(おもかげ)はなく、古い一軒家や新築の戸建てなんかがぽつぽつと並んでいる。子どもが自由に積み木を置いていったような町並みだ。

遊歩道を横切ると、小学校が見えてくる。その角を曲がれば、年季(ねんき)の入った個人商店があり、そのさらに横に、大型とは言いがたい地元特化型の平屋のスーパーマーケット「ダイコク」が顔を出す。行きつけの店だ。

今日の夕飯は頼子のリクエストに応えて味噌鍋焼きうどんにするから、足りない食材だけを買ってさっさとスーパーを出る。行きつけにしているぶん、顔馴染みが多い。捕まると厄介だから、今日のところは忍ぶように素早く帰宅させてもらう。

道路を二回渡ると、三角屋根が三つ連(つら)なったコーポが見えてくる。「クレッシェンド橙」という細い明朝体のロゴが、入り口の看板に書かれている。この三つの部屋のうち、奥の三〇二号が僕と頼子の住む家だ。

鍵を開けて玄関に入る。荷物をどっさり置くと、リビングからトコトコと茶色の毛玉が出迎えた。

「のぉぉぉーん」

低く伸びやかなジンジャーの鳴き声は普通のオス猫より濁ったダミ声だと思う。

「ただいま、ジンジャー」

靴を脱いで上がると、ジンジャーは僕の足に頭をこすりつけた。顔面は鼻が上向きでつぶれているのに、愛嬌(あいきょう)たっぷりというギャップがかわいい。

持ち上げて、長い毛の中に顔をうずめると、芝生のような匂いがした。

「よしよし。今日もかわいいな、お前は……あれ？　頼子は？」

ご主人はいずこ。ジンジャーと荷物を小脇に抱えてリビングに入る。

「ただいま」

声をかけてソファを覗くと、頼子の髪の毛が肘(ひじ)掛けに寝そべっていた。クッションを抱えて眠っている。パソコンが開きっぱなしなところを見ると、あれからちゃんと仕事をしていたんだろう。

僕は抱いていたジンジャーを床に放(はな)し、テレビ台の下にある引き出しからブランケットを出した。気持ちよさそうに仰向(あおむ)けで寝る彼女の上にかぶせる。すると、ジンジャーが僕の足を掻いた。

「のぉぉぉ」

「あぁ、はいはい。晩飯だな。ちょっと待って」

すぐにキッチンで手を洗い、シャツの上からエプロンをかける。キッチンの戸棚にしまっている猫用缶詰をジンジャーの皿に入れ、ほぐしたササミを追加して床に置く。ジンジャーの目の色が変わった。夕飯にありつくと、ガツガツと食べ始めもうこちらに見向きもしない。

それじゃあ、さっそく夕飯を作ろうか。

僕はアルミ鍋に水を一カップ入れた。百円ショップで買った水出し用ポットを冷蔵庫から出す。これには昆布をまるまる一枚突っこんでおき、水出しで昆布の出汁をとっている。一日水につけておけば、出汁が勝手に出てくるので便利だ。

この出汁を一カップ注ぎ、水と合わせる。コンロの火にかけ、沸騰するまで待つ。その間、冷蔵庫からうどんの具材を全部引っ張り出した。

土曜日にまとめてカットしていたにんじん、白菜、ごぼう。長ネギは青い部分と白い部分で切り分けてある。それから、今日買い足したもやし一袋を開けてザルに落とす。しいたけは傘の部分だけにし、なんとなく十字の飾りを入れてみる。えのき茸は下の足をざっくり切り落としてしまい、つながったままの柄を八等分に裂く。ごぼうは斜め切り、白菜の根元部分は削ぎ切りにしてあり、これはもやしと別のザルにまとめる。

野菜を切ったあとは、いよいよ鶏肉の出番だ。もも肉を使う。

肉用のまな板に切り替え、鶏もも肉一枚を平らに置いた。皮と身を離し、身の筋を包丁の背で軽く叩く。あとは適当な一口大にカットし、ボウルに入れる。

酒を鶏もも肉の上に大さじ一杯程度、回しかける。これで煮こんでも柔らかいままで食べられる。僕は料理酒よりも日本酒を好んで使う。こっちのほうが味がまろやかになるから。

まな板と手を洗っていると、鍋がいい具合に沸騰した。中火にし、鶏肉を入れる。色が変わるまで煮て、次ににんじんとごぼう、しいたけを順番に入れる。火が通りにくい材料は下茹でしておくと、鍋で煮こむときにうどんが伸びずに済む。

煮ている間、キッチンの戸棚から土鍋を出してコンロにセットした。そして、冷蔵庫から味噌のパック、生姜チューブといった調味料を用意する。

あぁ、そうそう。買い足した調味料を思い出した。エコバッグの中から瓶詰めのそれを出す。これを使ってみたかったんだ。

広い調理台に調味料を置き、土鍋の中で合わせていく。味噌大さじ二杯、砂糖小さじ一杯、塩ひとつまみ、醤油小さじ二分の一杯、みりん大さじ一杯、生姜チューブひとしぼり、そして、隠し調味料を大さじ一杯。

ここに煮汁を注ぐ。調味料を溶かしながらゆっくりと。ふわーんと立ち上る湯気が、味噌の甘い香りを広げていく。ここで味見をしてみよう。

菜箸にからんだスープを手のひらに置いて舐める。もう一度舐める。だいたい、三回くらい味を見ても舌にくどく残らなければちょうどいい味付けだ。

うん。いい感じ。味噌のまろっとした柔らかさと、隠し調味料の香ばしい後味が絶妙に合う。

土鍋を火にかけ、お玉でかき混ぜた。袋に入ったうどんを三玉、鍋の中に入れて軽くほぐす。火を通した具材と、まだ水切りしただけのもやしと白菜、長ネギは白と青を彩りよくうどんの上にのせる。

最後は伝家の宝刀、卵だ。鶏卵二つを鍋の中央で割り、蓋をした。あとは煮えるまで待つのみ。

「……うおぉ。なんか、おいしそうな匂いがするー」

背後から声がし、振り返ると頼子が仰向けになったまま、ソファからこちらを見ていた。

「おかえり、修くん」

「ただいま」

まったく、ちょうどいい時間に起きるんだから。

時刻は十九時半になっていた。味噌鍋焼きうどんの土鍋をダイニングテーブルに置き、僕と頼子は向かい合って座る。ジンジャーはソファでゴロゴロと寝そべっていた。

「おなかすいたー」

頼子はワクワクした表情で土鍋の蓋を開けた。充満した熱々の湯気が彼女のメガネに襲いかかる。

「おっとっと。あぶなー」

くもったメガネを脇に置いて、頼子は嬉しそうに微笑んだ。

淡くとろけた味噌色のスープに、蒸されて柔らかくなった野菜とうどん、黄色の半熟卵。色とりどりの具材がのっている。

「いただきまーす」

さっそく箸をつっこむ頼子。彼女の箸で半熟卵の薄膜が割れる。鮮やかな黄色が鍋の中を走った。うどんにからめ、取皿に盛る。最後にスープをよそって、いざ実食。

頼子が「ふうっ」と具材に息を吹きかける。そして、大きな口で鶏肉と長ネギを頬張った。

僕は白菜としいたけを食べる。

じゅわっと舌の上に広がる熱い出汁と味噌の味に思わず目をつぶった。噛むとさらに出汁があふれる。とろとろ舌に残るスープが、こってり甘く、塩味があとを追いかけてくる。一口だけで幾重にも楽しい。

「おいしぃー」

頼子も満悦のようで何よりだ。

「ねぇ、これ、味噌を焼いた？　ほんのり香ばしいの」

一口食べただけで、味の真相に気がつくとは。鋭い。しかし、残念ながらそこまでの手間はかけていない。

「ううん。今日はこいつを使ってみた」

僕は印籠を出すかのように、瓶詰めの隠し味を出した。

「白ごまペースト。担々麺とか、炒めものにも使えるけど、お菓子にもアレンジがきくよ」

「へぇえ。じゃあ今度、あたしも使ってみようかなぁ。もうちょっと早く出会ってれば、今日のチゲ味噌ラーメンに使えたのにぃ」

そう言って彼女は、うまそうにうどんをすする。同時に僕は昼間の地獄を思い出した。

「そうだ。今日、君の昼飯を観察してたら、同僚にバレたんだよ」

「あら」

「それで、モラハラ彼氏扱いされて」

「あちゃー」

「誤解がとけなくて大変だったんだよ」

「それはご愁傷さまです」

頼子はまったく気にしていない。僕は眉根を寄せて、うどんをすすった。

「ていうか、バター使いすぎだよ。あんなに使う？」

「えー？　あたし、そんなに使ってた？」

「三杯だよ。インスタントラーメンに、あんなに脂質を加えたらカロリーがえげつない。バターはカロリーが高いんだから……って、メッセージ送ったのに気づかないし」

「ごめんごめん」

頼子は悪びれない。

「修くんったら、すっかりあたしの管理栄養士になっちゃったねー」

なんだか理不尽だ。苦々しい思いを飲みこもうと、優しいスープを喉に流す。ほっこりと温かいものがストンと胃袋に落ちたら、小言が面倒になってきた。

「はぁー、やっぱり修くんのご飯が落ち着くわー」

頼子がうまそうに食べるから、僕も食べることに専念した。おしゃべりな彼女の声を聞きながら、二杯目のうどんを食べる。

「そう言えばね、今日、小路母川（ころもがわ）の桜が満開だったんだよ。見てみて」

頼子は自分のスマートフォンを出して、アルバムフォルダから写真を呼び出した。

そこには、先ほど僕が撮ったアングルとまったく同じ桜並木が写っていた。昼間の日向（ひなた）と青空、そこに吹雪（ふぶ）く薄紅の桜の花びらがきれいだ。

「……ふうん」

僕も負けじと自分のスマートフォンを出した。夕暮れの橙色の桜を見せると、彼女も口をすぼめて「ふうん」と相槌を打ち、悔しそうに言った。

「修くんもなかなかやりますなぁ……っていうか、おんなじアングルだし。あたしたち、息ピッタリね」

ほんわかと笑う彼女に、思わず僕も笑ってしまう。すると、頼子が言った。

「春だねー」

そう言いつつ、リクエストの味噌鍋焼きうどんは春らしさを感じさせない。

夜はまだ冷える三月の末。ダイニングはそれからも味噌の甘い香りが漂っていた。

二品目　しみうま白出汁TKG

何も僕だけが夕飯を担当しているわけじゃない。僕が土日に休みのときは昼飯を作ったり、その日の夕飯は頼子が担当したり。確かに僕のほうが作る回数は多いけど、まず前提として僕が作りたいというのがあるので不満はない。

彼女が作る料理は工程が大雑把なものの、味はうまいし見栄えも整えられている。しかし、かたよりがある。

まず、嫌いな食べ物は絶対に使わない。

生野菜が食べられないからサラダはなし。水分が多い野菜が嫌いだから、きゅうりや大根は触らない。実は根菜も物によってはダメで、理由は「土臭い」とのこと。ナス科の植物も苦手だが、トマトはピューレにすると食べられる。

魚は青魚が苦手だ。あとはタラコ以外の魚卵と貝類。

果物は糖度の高いものと種や皮が面倒なものが苦手らしい。

これらは基本的にスルーされ、指摘さえなければ眼中にない。人間は口に合わないものを本能的に避ける習性があるらしい。

　果物の種や皮が面倒だと言い張るくらいなので、彼女の調理法は手間がかからない。先日のチゲ味噌ラーメンはまだ道具を使っているほうで、まな板と包丁、さらにはフライパンさえ使わないという裏技を持っていたりする。

　いわく「洗い物が少なくて済むんだから、便利道具は使わないと」とのこと。彼女の相棒はもっぱら電子レンジだ。

　かくいう僕も百円ショップで購入したシリコンスチーマーを愛用している。電子レンジで加熱するだけで手軽に温野菜ができるすぐれもので、これは頼子に教えてもらった。

　今日の弁当は、昨夜に頼子が作った〝手抜き〟肉じゃがと味噌汁、僕が作り置きしているごぼうサラダ、ご飯という和食セット。品目は少ないが、肉じゃがは手のひらサイズのタッパーに詰め(つ)ており、まぁまぁのボリュームはある。

「いただきます」

　箸(はし)を持つと同時にカメラのアプリを起動した。『カメラをつないでいます』という案内が画面に現れ、電波のような模様がフワーンと広がっていく。

　スマートフォンのカバーは立てかけられるタイプのもの。簡素なデスクの奥に置き、箸(はし)で弁当をつつきながら彼女の動向を観察する。

今朝は頼子がなかなか起きてこなかった。具合でも悪いのかなと思っていたら、どうやら深酒のせいらしかった。二日酔いはつらい。ゾンビのように這(は)いつくばって手を振られては、心配になるのも当然だ。大丈夫かな。

「あれ？」

頼子がいない。いつもなら、ガラステーブルでノートパソコンを広げた頼子の姿があるはずだが。

カメラを動かして捜してみるも、キッチンにもベランダにもいないようだった。毎日、昼時に彼女を見ているせいか、いないだけで不安になっていく。

すると、頭上が暗くなった。

「また監視してる」

背後から湯崎さんがのっそりと顔を覗かせた。呆(あき)れた様子で、彼はちらりと僕のスマートフォンを見やる。

「不用心っすね。普通に丸見えなんですけど」

「ひとのスマホを勝手に見ないでください」

「自分の彼女を監視しているひとに言われたくないんですけど」

ごもっともです。

　言い負かされた僕は、何も言い返さずにスマートフォンを閉じて、肉じゃがを食べた。冷たくても醤油味がしっかりしている。ズボラな頼子らしく、彼女が作る肉じゃがは小ぶりなメークインをカットせず、まるごと煮る。それはそれで食べごたえがあっていい。二日目のじゃがいもはしっとりしていて味がしみこんでいた。

「真殿さんって、最近ずっと手作りですねー」

　隣の自席に座り、湯崎さんがコンビニの袋をあさりながら言う。近所のコンビニで買ったと思しき大皿のミートソースパスタが出てきた。

「やっぱ、彼女と一緒に住むと変わるもんですね。丁寧な暮らしとか、超リスペクト」

　その割には感情のこもってない声だな。

「いえいえ、そんな丁寧なものじゃないし。でも、時間と気力さえあれば毎日作って持ってきたいですよね」

　言いながら、ちらっと湯崎さんのパスタを見やる。すると、彼は鼻で笑った。

「それができたら、俺だってそうしますよ」

　湯崎さんが料理に関心があるのは当然だろう。

　うちの会社はフードマネジメントサービスが主な業務だ。いくつかの部署のうち僕の所属は食品開発部であり、仕事内容は飲食店やスーパー、仕出し屋などの食品、商品の開発・考案。言うなれば食品の設計士。僕は前職が調理士だった経験を買われての中途採用で、今年で入社三年目になる。

「湯崎さんも彼女ができたり、家族ができたら変わると思いますよ。やっぱり飯は、誰かと食べるほうがうまいし」

糸こんにゃくと牛肉を口に放りながら言ってみる。

フォークの包装を取る湯崎さんは「うーわー」と脱力した声で笑った。

「それができたら、俺だってそうしますよ」

先ほどよりも、どんよりと暗い言いかたをする。これ以上、余計なことを言ってへそを曲げられたら面倒だ。僕はもう話しかけないことにした。

閉じていたスマートフォンを開く。すでに頼子がリビングの定位置に座っていた。どこかへ出かけていたのか、淡いモスグリーンのトレンチコートを着たまま、パソコンを開いている。その脇にはデジタルカメラがUSBポートにつながれていて、データをパソコンへ移しているようだ。察するに、今は地元史のブログを更新している最中だろう。趣味で始めたものが、広告収入を得て運営するという本格的な仕事になっているらしい。

彼女の悪い癖は、こうして仕事に没頭すると昼飯を忘れてしまうことだ。

仕方なく、僕はメッセージを送った。

【頼子、昼飯は？】

返事を待つ間、おかずをかきこんだ。今日は午後から訪問の予定がある。しかし、肉じゃがは急いで食べるには重たい。もう少し量を減らせばよかったかな。

すると、スマートフォンの画面に通知が入った。頼子からだ。

【わすれてた！】

やっぱり。

言われなくとも自分で動いて欲しいところだが、気長に付き合っていこう。

タッパーの隅で崩れたじゃがいもを丁寧にすくい取って食べる。スマートフォンのカメラを再び起動させ、まったりと味噌汁を飲みながら彼女の動向を観察した。

頼子はコートを脱ぎ、キッチンへ走った。炊飯器の中を確認する。

夕飯のときは、だいたいいつも一合半炊いておくのだが、これは夕飯用と翌日の昼用となっている。でも、今日はご飯が残りすぎている。昨日頼子がご飯を食べず、おかずをつまみに発泡酒を飲んでいたからだ。

頼子は炊飯器からどんぶりへ米を移し始めた。

丼ものにできるおかずがあったっけ？　すぐには思いつかない。

彼女はどんぶりを調理台の上に置き去りにし、冷蔵庫を大仰な動作で開けた。かかとを上げて上段まで物色している。しかし、おかずがない。肩を落とし、冷蔵庫を閉める。そして調理台のどんぶりを寂しそうに眺めた。昨日の肉じゃがが残っていると思ったのかもしれない。僕が昼に持っていくと言ったはずなのに……いや、言ってないかも。もしかしたら、この肉じゃがは頼子の昼飯だったのか。それなら悪いことをしたなぁと、僕は空っぽのタッパーを見る。

そのとき、画面の中で動きがあった。急に頼子がカメラ目線になる。その視線に思わずドキッとしてしまい、僕は息を止めた。

頼子の顔が近くまで迫り、画面は端から端まで頼子となる。勢いあまって近づきすぎたのか、メガネがカメラにぶつかった。その失敗に苦笑しつつも、なんだか右頰がぷくっと膨らんでいる。

怒ってる、のか……？

でも、怒りが全然伝わらない。怒ってもすぐ笑う頼子だから威厳がない。そんな顔のままで頼子は冷蔵庫を指して何かを訴えた。

僕は隣や背後に気を配りつつ、慌ててスマートフォンを手に取って近づけて見た。

〝ば〟〝か〟

そう言っている。やはり肉じゃがは頼子の昼飯だったらしい。

「……………」

僕は画面の前で手を合わせた。向こうからは僕が見えないので、あんまり意味はない。

頼子は再び冷蔵庫へ向かった。動かない。腕を組んで考えている。

どうするつもりだろう。ごぼうサラダならあるんだけど。一応メッセージを入れてみようか。と、スマートフォンを取った瞬間、頼子が顔を上げた。

天啓でも降りてきたかのごとく大急ぎで冷蔵庫を開ける。再び開放された冷蔵庫は変わりなく愛想がない。彼女は収納ポケットにある卵を二つ抜き取った。

クルクルとバレエダンサーのように、卵を持ったまま調理台の前へ舞い戻る。

勢いをつけて振りかぶって——割った。白飯の上に、しかも二つも。なんて贅沢な。だが、彼女の昼飯を奪って食べた僕に責める資格はない。

本日の昼飯はT・K・G。

頼子は白飯の上に鎮座する二つの卵を、おそるおそる箸で割った。それから、キッチンの戸棚にしまってある調味料から白出汁のボトルを取る。

「え？」

白出汁？　卵かけご飯って、醤油で食べるものじゃないのか？　いや、白出汁はそもそも白醤油と出汁を合わせた調味料だから……でも、その発想はなかった。

頼子は白出汁の口を高く掲げて、卵かけご飯の上にくるっと一周かけた。そして、両手でどんぶりを抱えてリビングに戻ってくる。箸を持ったまま「いただきます」ときちんと手を合わせた。

混ぜすぎないまだら模様の卵かけご飯は、卵の黄身と、どろっと透明な白身、そして輪っかのような白出汁の轍が広がっている。保温のご飯は固まった部分もあるが、頼子は気にすることなく混ぜた。熱を持ったご飯から細い湯気が立つ。ほかほかとあったかそうなご飯に、彼女は目を光らせた。

ぱくっと大きな一口。もぐもぐと咀嚼し、目尻を緩めて笑う。口元に手を当て、幸せそうな笑顔を見せてくる。無音声なのに、彼女の「んふふふ」と笑いを漏らす音が聞こえてきそうだった。

さらに頬張って、ふにゃりと笑う。まさに至福のひとときを演出している。スーパーで特売だった卵と昨夜の白飯、市販の白出汁だけなのに。

でも、卵かけご飯はある意味、贅沢な食べ物だとは思う。しかも白出汁で食べるなんて、間違いなくうまいに決まっている。僕は思わず唾をごくりと呑んだ。味を想像してみる。つるんと口に入ってすぐ、しっとりした食感に濃厚な黄身の味。そのあとにくる白出汁。ほのかな昆布出汁とみりんの甘みが舌に残る……素朴で地味なのに、味の楽しみが次々と訪れる。あぁ、いくらでも食えるな。

頼子の食欲も止まらない。夢中で米をかきこんでいる。一粒も残さず、どんぶりはあっという間に空っぽになった。

それから彼女は、どんぶりを持って再びキッチンへ走る。一杯じゃもの足りないのか二杯目をよそった。そして冷蔵庫を開ける。卵を取るかと思いきや、上段に置いていたタッパーを取った。

いや、待て。それに手を出すのはダメだろ。

しかし、僕の声が届くはずはなく、彼女はニヤニヤとタッパーを持ち出した。ジンジャー用のササミだが、彼女は構わず使う気だ。

ケトルで湯を沸かす。その間に梅干しとササミを白飯の上にのせた。

あぁ、分かってしまった。梅茶漬けを作る気だな。

彼女は機嫌よく足でリズムを取っていた。キッチンに立つと踊りたくなるのだろうか。カクカクとした動作がまるでロボットのよう。しかし、キレが悪いので、怪しげな喜びの舞いを踊る謎の民族のように見える。どんぶりを前にしているから余計、そう見えて仕方がない。

湯が沸いて、頼子は我に返ったように動きを止めた。躊躇なくどんぶりに注いでいく。そして、冷蔵庫からわさびチューブを取り出し、山の頂きにふさわしくたっぷりとしぼった。れんげを添えて、リビングに戻ってくる。

なるほど。どんぶりの底に残っていただろう白出汁卵液がちょうどいい具合に湯と溶け合っている。酸っぱい梅と淡白なササミは相性が抜群にいい。濃厚な卵かけご飯から、さっぱりとした梅茶漬けという流れは完璧だ。

なぜだろう。どれだけ手のこんだ食事より、彼女のズボラ料理のほうがおいしそうに見えてしまう……素直に悔しい。

「いつまで見てるんですか、真殿さん」

頭を抱えていると、湯崎さんが冷たく言った。パスタをズルズルとすすり、無表情で僕を見ている。

「ていうか、なんか疲れてますね」

「あぁ、まぁ……今日も完敗というか……」

「完敗？　意味分かんねぇっす」

口の周りについたソースをティッシュで拭き、彼はゴミをまとめ始めた。

壁にかかっているデジタル時計を見やれば十三時も間近だ。昼休みがそろそろ終わる。

僕はスマートフォンを閉じ、弁当箱を片付けて、午前中にまとめておいた資料を確認した。

＊＊＊

今日は仕事でダイコクへ行く。僕が担当しているのは、このスーパーが作っている弁当のメニュー考案だ。

取り立てて難しいことはなく、メニューは四季でパターン化されている。地元の旬野菜や、人気定番メニューをローテーションしていくもので、普段は電子メールで発注されたものから考案し、それを外部の管理栄養士に精査してもらい、何度かのやり取りをしたあと、発注元の顧客と打ち合わせする。今日は打ち合わせがてら、三月ぶんの売り上げを元にした市場調査をする予定だ。

味陽フードマネジメントはビジネス街の一角にある小さな建物で、ここから歩道橋を渡って駅に行く。会社がある麹野町最寄りの甘崎(かんざき)駅からダイコクの最寄り駅である橙門駅まで電車で二十分。電車を降りても町並みは麹野町とさほど変わらないが、大通りから小道に入ればたちまちのどかな風景に様変(さまが)わりする。高層ではないものの、ビルたちが壁となって町を隠しているようだ。

遊歩道を横切り、小学校を越えると元気な声がフェンスを震わせる。体育の時間なのか、サッカーの試合が行われているようだった。

角を曲がり、年季の入った個人商店を通り過ぎてダイコクへ。今日は仕事だから、裏のスタッフ専用扉から入る。

「こんにちはー」

朗らかに声をかけると、白いエプロンと三角巾、マスクという完全防備姿の女性が小走りにやってきた。

「よう、殿。お疲れさまー！」

威勢のいい少年みたいな声の彼女は、ここの従業員である倉橋のどか。このスーパーで品出し業務に携わっている。明るい金髪を三角巾の中に隠し持っており、口調も荒いので多少近寄りがたい雰囲気を醸し出しているが、底抜けに明るく正直なひとだ。そして、やけに馴れ馴れしいのは、僕の中学時代の同級生だからだ。

「お疲れさま。東田さんは？」

ダイコク店長の東田さんの姿がないので訊いてみる。すると、倉橋さんはマスクを取って、八重歯をむき出しにして笑った。

「あぁ、店長なら表にいるよ」

「そうなんだ。じゃあ、事務所で待たせてもらおうかな」

「アタシも行くー！」

倉橋さんは元気よく腕を上げて「ゴー！」と誘導した。

加工場の奥に小部屋がある。そこは事務室みたいなものだが、従業員が交代で休憩するスペースも兼ねている。高めの上がり框がついた小さな和室みたいな区画で、畳は膝下くらいの位置にある。そこでまったりとテレビを見ているパートさんたちの邪魔にならないよう、僕は入り口付近に腰掛けた。

「なぁ、殿ー、茶ぁ飲む？　せんべいもあるけど」

「お構いなく」

「そう水臭いこと言うなって」

珍しく世話を焼いてくれる倉橋さんの態度を、僕は少々怪訝に思った。じっと見てみると、彼女は目をそらして事務所を出ていく。怪しい。

普段から挨拶はしてくれるが、ここまで気の利いたもてなしをされたことはない。

逆に彼女がスタッフルームの奥でソーダアイスをむさぼっている現場や、タバコを吸っている現場に遭遇するというタイミングが悪いことは何度かある。その度に「殿、お前は間が悪いな」と呆れられるのだが。というか、彼女に会いに来ているわけではない。あと、いい加減にそのあだ名はやめて欲しい。

倉橋さんは、給湯室から持ってきたらしい湯のみと醬油せんべい一枚を盆にのせて、事務所に舞い戻ってきた。

「はい、どーぞどーぞ。いつもお世話になっておりますー」

「え？　なんだよ、その他人行儀な態度……怖いんだけど」

「はぁ？　失礼な。怖いってなんだよ、怖いって」

ほら、おしとやかな顔が数秒ももたないじゃないか。

「ま、なんだ。要するに、あれだ。お前に頼みがある。一生のお願いだ」

「やっぱり。しかもそれ、一生って言いつつ何回もお願いしてくるやつだろ」

つい毒づくと、倉橋さんの顔が一気に不機嫌に歪んだ。湯のみをドンと脇に置かれ、僕は少しだけ体をそらして避ける。

「うるせーな。いいじゃん、アタシがこうして頭下げてんだからさ」

「一ミリも下がってない……ちなみに、どんなお願い？」

「アサリをもらってくれるだけの簡単なお願い」

「アサリ？」

話が見えない。おすそわけの話だろうか？

「そ。うちのちびっこたちがさぁ、保育園の遠足で潮干狩りしてきたから。これがまた、長男が張り切ってさぁ。大量なわけよ。うちで処理しきれねーんだわ」

そういえば、彼女は子どもがふたりいる。男の子と女の子。上のお兄ちゃんは母親そっくりのやんちゃ者で、潮干狩りで張り切る姿は想像に難くない。

「アサリかぁ……」

どうにも尻ごみしてしまうのは、すぐに浮かぶ頼子の顔が原因だった。顔のパーツ全部をすぼめて「無理」って言うだろう。嫌いな食べ物に対する姿勢が頑(かたく)なであり、これを食べさせるのが難儀だ。

「好き嫌いは良くないぞ！」

倉橋さんは母親さながら腰に手を当ててふんぞり返った。それについては同感だ。

僕はすべての食べ物に苦手意識を持ってはいけないと思っている。

でもなぁ……あの偏食家と一緒に住んでるからか、この意識がかなりブレてきている。

僕の気分が浮かないので、彼女は思い当たったように目を見開いた。

「あ、もしかして頼子さん、貝ダメなんだっけ？」

「実は……嫌いなものは徹底して食べないから……」

「えぇ？　それこそ元調理師なら、どうにかうまいこと食わせてやれよ。腕の見せどころじゃん」

倉橋さんの言葉は容赦がない。僕は頭を抱えた。

「……元調理師だからって、万能じゃないんだよ」

しかも、調理師だったのはたった二年だけだ。あのときの挫折やら、理想と現実のギャップで悩んでいた黒歴史やらが一気に駆け巡り、すぐさま振り払う。

そんな僕の心情を察するはずがない倉橋さんは、威圧感たっぷりに詰め寄った。アサリを押し付けようという本心が見え見えだ。余計に心が頑なに拒否していく。

「まぁまぁまぁ。お前の料理はうまいはずだって。頼子さんが食べやすいようにメニュー考えりゃいいじゃん。そっちは現職なんだしさぁ」

「……おっしゃるとおりで」

結局、丸めこまれてしまった。本当に気が滅入る。

ため息をついていると、事務所の扉が大きく開いた。冷気が首筋を冷やし、それと同時にオレンジ色の店内用エプロンをつけた中年の男性が、口元にしわをたっぷり寄せた笑顔で現れた。

「すみませーん、おまたせしましたぁ」

独特の間延びした口調で話すのはダイコクの店長、東田さんだ。反射的に立ち上がり、僕は倉橋さんのお願いを有耶無耶にしようと事務所を出ていく。

しかし、倉橋さんの手は僕のシャツをしっかりつかんでいた。バランスが崩れ、後ろに倒れそうになる。なんとか踏みとどまったものの、今度は倉橋さんが耳元で囁いた。

「帰りまで待ってるから。な？」

背筋が凍るような圧力を感じる。乱暴に背中を叩かれ、店長の前に突き出された。

＊　＊　＊

五月のメニューは決定しているものの、六月の弁当メニューのうちご飯ものだけが決まらず、会社に持ち帰ることにした。改めて考案し、再提出となる。

東田さんいわく、アンケートで「いつもと違うメニューが食べたい」という要望が多かったとのことで、ずっとローテーションで決まったメニューを出すのは厳しいものがあった。さらに、スーパーの近所に新しいマンションができ、若い家族が移り住んでいるらしい。「斬新で奇抜なメニュー」で、かつ「親近感のあるメニュー」という要望の難しさにげんなりする。

それに何より、打ち合わせが終わるまで倉橋さんの視線が痛かった。刺すような鋭い目は、捕食せんと機を窺う肉食獣のようだった。怖い。中学のときよりも睨みに磨きがかかっている。

「……お待たせしました」

事務所を出ると、彼女は満悦な様子で「うむ」と頷いた。あらかじめ用意していたらしいアサリを持ってくる。用意周到なことにクーラーボックスで持ってきたらしい。彼女はボックスごと僕に押し付けてきた。

「いやぁ、さすが殿だよな。持つべきものは優しい同級生。超助かるー」

「おいおい、クーラーボックス全部か？　そこまでの量は聞いてないって」

「大丈夫だって。食える食える。ほら、アサリのメニューだけでも結構あるもんじゃん。バター炒め、酒蒸し、炊きこみご飯でも味噌汁でも、パスタでも」

確かに、アサリは汎用性が高い。でも、ふたりで食べるには多すぎる。やっぱり厄介ごとを押し付けようとしているだけじゃないか。

ボックスを開けると、中にはサイズも模様も色も様々な二枚貝が敷き詰められていた。光を浴びた瞬間、砂を吐き出している最中のアサリの身が一様に殻の中へ閉じこもっていく。

いや、でもやっぱり多いぞ。

「まぁ、頼子に協力してもらえるよう頑張るか……とりあえず、いただくよ。ありがとう、倉橋さん」

まったくありがたみはないのだが、一応お礼を言っておくと、彼女は嬉しそうに「おう！」と威勢良く笑った。僕はため息を隠して、クーラーボックスを抱える。

さて、問題は頼子にどう伝えるかだ。

何も告げずに持ち帰り、問答無用で夕飯に組みこむか。あらかじめ伝えておいて、帰ってから非難を浴びつつ夕飯を準備するか。どちらにせよ、頼子が文句を言うのは目に見えている。

でも、嫌いだと言いながらなんだかんだ食べてくれることもある。濃い味付けにしたり、原形が分からないようにペーストにしたりすればうまくごまかせそうな。

「……………」

いや、変に悪だくみせず、正直に連絡をしよう。事前に言っておけば、心の準備ができるだろうし。

会社に戻る途中、僕はトークアプリを開いて頼子にメッセージを送った。

【今日、倉橋さんからアサリをもらったんだけど】

それだけを送信し、スマートフォンをポケットにしまう。どんな文句が返ってくるのか……想像したくないので、仕事の月替わり弁当について考える。

老若男女が安心して食べられるものを大前提としたメニューか。

その中で、ご飯の存在は大きい。弁当のケースに詰まったご飯の色みで弁当の顔が変わるわけだし。

僕が今回、メニューを再考案するのは季節の月替わりダイコク弁当のご飯部分。おかずはシンプルに玉子焼き、煮物、焼き魚、唐揚げ、ポテトサラダ、コロッケで、ご飯は例えば五月ならタケノコご飯、六月なら豆ご飯、七月なら鯖ご飯、などなど。出汁と食材が織りなす四季の炊きこみご飯を月ごとに変えている。だが、消費者というのは常に新鮮みを求めるもので、ここ最近マンネリ化が進んでいたメニューから変更が相次いでいた。

会社で意見を共有して、もう一度考えてみよう。そう決めたと同時に、ふと頭の中に天啓が舞い降りてきた。

「……アサリ」

駅に着いたところで蓋を開けて、クーラーボックスの中で眠るアサリたちを見やる。光に反応した幾何学模様の殻たちが震えるように揺れた。

これだ。こいつを使おう。

風とともに電車が目の前に現れる。減速して止まった。ドアが開いたと同時に飛び乗りながら、さっそく頭の中ではアサリを使ったご飯のメニューをあれこれと考えた。

＊　＊　＊

クーラーボックスを抱えて帰ってきた僕に、まず安原さんがツッコミを入れた。

「潮干狩りでも行ってきたの？」

なかなか鋭い。

「いや、ダイコクにいる同級生からもらって」

会議用の円卓にどさっと置き、クーラーボックスを開く。大量のアサリを見て、安原さんは盛大に噴き出した。

「あはーっ！　しかも、まぁまぁ大量だし！　これ、食べるの大変そう」

「あ、そうだ。よかったら半分もらってくれませんか」

「いやぁ、やめとくわぁ」

やんわりと断られた。彼女はただ冷やかしたかっただけらしい。

仕方ない。湯崎さんを見ると彼は口角だけで笑い、すぐに目をそらした。

「何なに？　そんな大荷物を抱えて」

　スラッと細身のパンツスーツ姿、シャッキリと姿勢がいい小顔の女性――我が部署のボス、戸高美奈子部長が柔和な笑みでいそいそと近づいてきた。五十代前半というが、年不相応の高く伸びやかな声で訊く。しかも、僕の返答を待たずにクーラーボックスを覗いた。

「あら、アサリ。しかも大量」

「ちょっと、なりゆきで同級生にもらってしまって。部長、よかったら半分……」

「いいの？　嬉しい。ありがとう。いただくわ」

　両手を合わせて「うふふ」と笑ってくれるので、僕の心はわずかに安堵した。やっぱり、部長は頼りになる。

　そのまま流れで、ダイコクの弁当メニューについて「変更希望」の旨を伝えると、戸高部長はニコニコと最後まで聞いてくれた。クーラーボックスのアサリをポリ袋に詰めながら。そして、軽やかに言った。

「んー、それじゃあ、ありきたりじゃない？　話を聞いた限りだと、そういうベタなものは求められてないと思うんだけれど。もう少しひねったメニューを考えて」

　笑顔のまま却下されることほど、つらいものはない。悪意のない優しい聖母みたいな笑顔だからとくに、こう、胸にドスンとくるものがある。

ひねったメニュー……炊きこみご飯だけじゃ、やっぱりダメですか。

他にも候補はあった。ひじきとアサリの混ぜご飯や、アサリの佃煮(つくだに)ご飯、ピラフ、パエリア。しかし、おかずとのバランスを考えるとどれもご飯の味が強く、シンプルな炊きこみご飯がちょうどいいと思う。

でも、ここで戸高部長に突き返されてしまえば、レシピもサンプルも作れない。いい案だと思ったのに、なかなかうまくことが運ばないものだ。

デスクに戻り、クーラーボックスの中身を観察しても他に名案が思いつくはずもなく、砂を吐くアサリを僕は恨めしげに見つめていた。

「真殿さん、それ飼うんですか？」

背後から湯崎さんが真面目な声で冷やかしてくる。横で安原さんが「やめて、湯崎」と肩を震わせて笑った。

「バカ言わないでください。今日、持って帰って食べますよ」

僕はアサリをつつきながら無慈悲に言う。

「あー、家で試作するわけですね」

「そっちのほうが手っ取り早いですし。でもなぁ……頼子が食べてくれないかもしれない」

後半はごにょごにょと声のトーンが落ちた。気が重くなる一方だ。

そんな僕の憂鬱(ゆううつ)に、湯崎さんがまた冷やかすように言う。

「あぁ、例の彼女さん……お呼びですよ」

「え？」

デスクに置いていたスマートフォンの画面に、通知が一気に何通も届いていた。

【垣内頼子がスタンプを送りました】

【垣内頼子がスタンプを送りました】

【垣内頼子がスタンプを送りました】

【垣内頼子がスタンプを送りました】

怒涛のスタンプ連打。これがまだ続いている。一瞬、壊れたのかと思った。

これは、もしかするとかなり怒っているのでは。

意を決して通知をタップすると案の定、むくれた顔のクマのスタンプが延々と下へ続いていた。

＊＊＊

いわく、アサリの食感が嫌いだという。味が口に合わないというのはあっても「食感が嫌いだから食べたくない」というその感覚がイマイチ分からない。

悶々と悩み、電車で他人の白い目を浴びながら、クーラーボックスを抱えて帰宅する。すかさず頼子の鋭い視線が玄関からでも分かるほどに突き刺してきた。

「ただいま……」

「おかえりなさい。修くん、本当にあの悪魔を持って帰ってきたのね」

ひどい言いようだな。

ふくれっ面の頼子は、ソファの肘掛けから目だけを覗かせていた。まるで威嚇する猫みたいだ。ちなみに、本物の猫は玄関で僕の帰りを待っており、マットの上でごろんと腹を見せて寝転がっている。その柔らかな腹をなでて癒やしを得た。僕の味方はもしかすると、ジンジャーだけなのかもしれない。

あ、しまった。ササミを買い忘れていた。

「のぉぉぉん」

あざとくゴロゴロ転がるジンジャーの顎を掻き、心の中で「すまん」と謝っておく。

そんな僕の心もつゆ知らず機嫌良く喉を鳴らすジンジャーだが、彼の主人はそう簡単にいくまい。

おそるおそるクーラーボックスを抱えてダイニングへ行き、頼子のじっとりとした視線から逃れようとキッチンへ移動する。しかし、鬱々とした目でにじり寄ってきた。僕の背後に回り、クーラーボックスを忌々(いまいま)しそうに見る。

「部長が半分だけもらってくれたからさ、これでも身軽になったほうなんだよ」

「へー」

無関心な声が返ってくる。僕は苦笑しながらクーラーボックスを開けた。

頼子の声に恐れをなしたか、アサリたちが怯えたように殻の中へ閉じこもっていく。

会社を出る前に砂抜きをしておいたので、磯(いそ)の匂いは薄れているはずだ。しかし、頼子は鼻をつまんで顔をしかめている。僕の勘が正しければ、これは間違いなくアウトな案件だ。

「ちなみに、こいつの何がそんなに嫌いなの」

改めて訊(き)くと、頼子はすかさず答えた。

「食感。ぐにゃっとしてる。気持ち悪い。そんな得体のしれない生命体が口の中に入って、体内で消化されていくんだよ……あぁ、おぞましい」

貝はさながらエイリアンのようだ。だったらしっかり煮こんで、佃煮にしたほうがいいかな。

「あたし、給食のアサリの佃煮がきっかけでダメになったの。なんか、貝の内臓が気持ち悪くて」

それは残念だ。ペースト状にしたら阿鼻叫喚は必至だろう。

「バター醤油炒めは？」

「うーん……」

「酒蒸しも見た目はアサリそのものだけど、味つけを濃くしたら多少は食べられるんじゃ」

「ダメ。ぐにゃっとしてるもん。そもそも、身をまるごと食べるっていうのが無理」

振り出しに戻ったな。

「うーん……それじゃあ、唐揚げにしてみようか？　揚げれば、外側はさっくりカリカリになるだろうし」

「そうだねぇ……」

ちょっと考えてるな。「酒のつまみにはなる」とでも思ったに違いない。それでも彼女の目つきは渋いものだった。

「炊きこみご飯は？」

なんとなく、ダメ出しを覚悟しながら訊いてみる。頼子は腕を組んだ。

「論外」

予想以上の返答だ。僕はがっくりと肩を落とし、アサリを見た。

お前たち、相当嫌われてるな。かわいそうに。さすがにここまでくると同情する。

そんな僕の脇をすり抜け、彼女はラックの上に置いた炊飯器をぱかっと開けた。ほかほかの湯気が立つ。

「と言うのも、もうすでに炊きこみご飯を作ってしまっているわけでして」

「ええ？」

慌てて炊飯器の中を見ると、そこにはフリーズドライの油揚げとこんにゃくを一緒に炊いたご飯があった。しかし、色が白い。湯気からほんのりと香るのは優しく甘い出汁。

「白出汁で炊いたの。これが、結構イケるんだよねぇ」

頼子は炊飯器の底をしゃもじでひっくり返した。具材を混ぜ合わせるとさらに深い白出汁の空気がもこもことキッチンの中に充満する。一方、僕はこのフェイントに脱力した。

「頼子、昼間も白出汁でご飯食べてたよね……そんなに好きなんだ？」

「好きかも。だってさぁ、醤油みたいにくどくどしてないし、塩は入れすぎると辛いし、めんつゆは甘すぎるし、ちょうどいい調味料なのよ。なんでも使える！　万能！」

「でも、ご飯炊いてるなんて聞いてないよ……そういうときは連絡して」

「ちゃんと連絡入れたよー。修くん、気づいてるもんだと思ってた」

　言われてすぐ、スマートフォンを開く。連打されたおびただしいスタンプを見送っていくと、その中に一行だけメッセージがあった。スタンプに紛れて気づかなかった。気づくわけがないだろう。

「……味噌汁だ。よし、そうしよう」

　問答無用。佃煮もバター醤油炒めも却下だ。味のバランスが悪すぎる。唐揚げは……アサリが残ったら考えよう。

「味噌汁なら噛まないで済むし、簡単に飲み干せるだろ」

「えー！　やだやだ！　絶対やだー！」

「アサリが怖がるから大声出さないで」

「ちょっ、やだ、そんな真剣に言わないで。罪悪感が湧いちゃう！」

　頼子が耳をふさぐ。一応、嫌いな食材にも情は湧くようだ。

　ちらっと僕の顔を見る。ジンジャーもそうだが、悪さをしたときに上目遣いで様子を窺うのはズルイやり口だと思う。そのかわいい仕草に何度騙されたことか。

「もったいないから食べます」

残念ながら、この決定は覆らない。ここにある以上、このアサリたちはおいしくいただくしかないんだ。

すると、頼子が珍しく感情的にクーラーボックスを叩いた。

「だったら、もらってこなきゃ良かったじゃない。あたしが食べないの分かってるくせに。んもう、倉橋ちゃんにメールするぅ！　クレームよ、クレーム！」

「えっ？　待って待って、クレームって、それだけはやめて！」

勢いよくスマートフォンを掲げる頼子に、僕は慌ててすがった。ていうか、なんで倉橋さんの連絡先を知ってるんだよ！

スマートフォンを奪おうとするも、頼子は軽やかにターンして僕の手をかわした。そして右頬をぷくっと膨らませ、怒ったような顔をした。でも、その表情はやっぱり怒っているわけじゃない。

僕は説得を諦めた。そういつまでも仏の顔でいられると思ったら大間違いだからな。

クーラーボックスのアサリたちを両手ですくい上げ、ボウルの中へ放りこむ。そして、上から塩水を思い切り注いだ。

「え？　修くん？　ちょっと待って、ねぇ」

もう一度、砂抜きをする。その間に、鍋に水を二カップ入れた。

「うわーん、本当に作ってるー！　信じらんない！」

冷蔵庫からほうれん草と生姜、味噌を出し、うるさい頼子を完全にシャットアウトして作業に取り掛かる。

ほうれん草は根っこを取って、およそ五センチのサイズでカット。湯が沸いたら、アサリをザルにあげて手早く鍋の中へ。殻が開くまで中火で煮る。生姜の皮を剥いて千切りにしたら、これも鍋に入れる。殻が開いたら味噌を溶き、醤油を小さじ一杯垂らす。ほうれん草はまだ入れない。メインの料理を作っている間に、熱でくたくたになってしまうからだ。

さて、今日のメインは魚だ。どのみち、昨日から仕こんでおいた鯖を使うつもりだったし、炊きこみご飯にも合うだろう。今日は魚介づくしだ。

鯖は頼子が食べやすいように臭みを抜いた。丁寧に水で洗い、キッチンペーパーで血を拭き取って、バットの上で日本酒に漬けこんである。至れり尽くせりの身はふわふわと肉厚になっていた。にんにくと生姜チューブで下味をつけ、軽く片栗粉をまぶす。

ここで、レモンを投入しよう。冷蔵庫から使いかけのレモンを出し、輪切りにしていく。サクサクと切っていき、鯖の上に二枚ずつ置き、塩をひと振り。バターを塗ったアルミホイルに包み、グリルで焼いていく。

「ふぅ」

一段落ついた。

振り向くと、頼子はすでにソファに戻っていた。警戒する猫のごとく、また肘掛けから目だけを覗かせている。

「修くん、怒ってる？」

「え？　怒ってないよ？」

そりゃ、ちょっとはムッとしたけど。料理をしていると無心になれるから、今ではあのモヤつきもきれいさっぱり消えている。

それでも頼子は様子を窺ってきた。あの上目遣いで。

「それならいいけど……でも、あたしの嫌いなものばっかり」

「わざと意地悪してるって思ってる？」

「うん」

そう見えたなら、反省しないとだな。食事の準備も出来たことだし、料理から頼子とのコミュニケーションに思考を切り替えよう。

キッチンの戸棚にもたれかかり、僕は肩をすくめて笑ってみせた。すると、彼女もメガネの奥の目を柔らかに細めた。

ふたりで生活するようになって、頼子の好きな味付け、好きな食べ物、嫌いな味付け、嫌いな食べ物は徐々に把握できてきた。でも、まだまだ分からないところがある。そもそも、彼女は海町育ちだ。魚介に慣れてないわけがないのに……もしかするとそれは僕の偏見かもしれない。

ホイル焼きとアサリの味噌汁に警戒を示す頼子を見ながらそう思った。じっと様子を見てみると、彼女は「えへっ」と笑いかけてくる。

「どうしても食べなきゃダメ？」

嫌そうな態度に、思わず咳払いすると彼女は舌を出しておどけた。

「だいたい、修くんはどうなのよ。どうしてもアサリが食べたかったの？」

「いや、別に。むしろ予定外だった」

「えぇー？　何よそれー」

頼子は軽いむくれ顔を見せた。

実を言うと、ぼくもアサリはそこまで好物ってわけじゃない。好んで食べないってだけで、断じて嫌いではない。

アサリを口に入れながら考える。スッと喉を通る磯臭さや内臓の苦味は、味噌汁だけでは消せないものだ。でも、それこそが貝の旨みじゃないかと思う……というのは、成人してから気づいたものだが、頼子には黙っておこう。今は新鮮な貝の味を素直に楽しんでおく。

すると、頼子はおもむろに箸を置き、姿勢を正した。まっすぐに僕を見る。

「あたしね、思うんだけどさ。嫌いなものを進んで食べる意味が分からないのよね」

何やら厳かに屁理屈を言い出した。

「大人になってまで強制的に嫌いなものを食べなきゃいけないのって苦痛でしょ。食べなきゃ死ぬってわけじゃないのに」

うーん、そうだな。確かにそうなんだけど、なんだろう、釈然としない。

「それにあなた、あたしが作ったものはなんでも『おいしい』って言うけど、もっと素直に『これ嫌い』って言ってよ。あたしみたいに」

たたみかけるように言う頼子。両手を広げて「さぁ！　どんとこい！」と構える。僕は「はいはい」と言いながら彼女の手を下ろさせた。

「頼子」

「はい」

「ただ食べたくないだけだろ」

「平たく言うと、そう」

「……冷めないうちに食べようね。今日のおかずはこれしかないんだから」

「ちぇっ」

すっかりふてくされ、頼子は八つ当たりするように鯖の身をほぐした。

一方僕は、彼女に言われるまで意識していなかったことに気がついた。

そういえば、嫌いなものを嫌いだと言わなくなったのはいつからだっけ。大人になってから苦手なものがほとんどなくなったような。

だいたい、頼子の飯はどれもうまいし、食べられないほど不味いものは今のところ一切ない。欲を言えば、やっぱりこの炊きこみご飯にアサリを入れたらうまいだろうなとか、その程度。

炊きこみご飯……そうだ、問題はまだ何も解決していない。

「……今日、仕事でちょっとつまずいてさ」

「え？」

突然の告白に、頼子が鯖から手を引いた。

「アサリで一品、作れないかなって考えてるところなんだ」

「あ、それでアサリなの。仕事、大変なんだ？」

「うーん。スーパーの弁当のメニューなんだけど、月替わりのご飯をどうしたらいいか考えててさ。アサリを使ったものにしたかったんだけど」

「炊きこみご飯でいいじゃないの」

論外と言っていたひとがよく言う。そのアドバイスは説得力がないぞ。

「残念だけど、部長に却下されました」

白出汁の炊きこみご飯を口に運ぶ。すぐにくる出汁の風味と舌に残る甘みがふくよかで、米を噛めば噛むほど旨みが広がる。文句なしにうまい。素朴な味付けの中で、油揚げとこんにゃくがいい仕事をしている。ふわっと、むちっと、食感が楽しい。

「これ、本当にうまいな」

「でしょー？」

嬉しそうに目を輝かせる頼子。彼女も大きな口でぱくんとご飯を食べる。頬が落っこちそうなほどに顔を緩めた。

「白出汁は盲点だったよ。昼間、見てたけどさ。卵かけご飯に白出汁って、よくよく考えたら理にかなってるんだよな。ほら、和食レストランなんかの卵かけご飯って、出汁醤油を使うし。調べたら、いろんなひとが試してたよ」

そう言ってみるも、彼女は「へぇぇ」と大して驚きはしなかった。

「あたしはただ、どうやって卵かけご飯をおいしくいただくか研究しただけだよ。高校生のときだったかなぁ。夜食で試してたの。そしたら出会っちゃったよねー、白出汁と」

「なるほどなぁ……」

食は果てのない研究素材だ。数多あるレシピに沿って丁寧に作り、そこからいかに自分好みの味や調理法にしていくか。その過程の中で新たなレシピが生まれる。素材本来の味はもちろんだが、料理の明暗を決めるのはやはり調味料だ。調味料のバランスが味の方向性を決める。

料理に限界なんてない。いくつもの可能性があるし、自由だ。

頼子がようやく鯖を口に運ぼうとした。僕も鯖の身を箸でほぐす。外側は片栗粉のおかげでカリッと、中はふわふわと肉厚でジューシー。バターと鯖の脂にほどよく塩気が凝縮されており、またレモンのおかげで後味はさっぱり爽やかだ。それに、下味がしっかりしているから魚の生臭さは完全に消滅している。

僕がじっと見ていると、その視線に気づいた頼子はせっかくつまんだ鯖を皿に置いた。そして、白出汁炊きこみご飯を食べる。僕の魚やアサリはまだ食べてくれない。

「うまいと思うんだけどなぁ」

言ってみると、頼子はバツが悪そうに再び鯖(さば)に箸(はし)をつけた。

「食べなきゃ死ぬってわけじゃない」と言い切るひとだから、よほど口にしたくないのは分かる。でも、今後頼子に付き合って二度と魚介類を食卓に並べられないという事態だけは避けたい。

お、いよいよ食べるみたいだ。

頼子は鯖(さば)を箸(はし)でつまんだ。そして、持ち上げる。彼女はまず匂いを嗅いだ。ちょこっと舐(な)める。眉をひそめた。その様子をじっと見ていると、頼子が鯖(さば)を睨(にら)んだまま言った。

「修くん」

「はい」

「あんまり見ないで。食べづらいから」

「……ごめん」

だって、作り手としては食べているところを見たいものじゃないか。しかも、嫌いなものを食べてくれるならなおさらだ。

僕は味噌汁を飲み干した。そのとき、お椀(わん)の向こうで頼子がぽろっと言葉をこぼす。

「あ、おいしい」

皿を見ると、確かに一口減っている。その不意打ちが僕の心を溶かしていった。

「ほら、うまいだろ」

「うーん、不覚ぅ」

頼子は不服そうに言いながら鯖をパクパク食べた。

「あー、なんだ、あっさりしてて意外と食べられるかも」

「よかった」

ひとまず安心。でも、喜んでいる場合じゃない。鯖は良くてもアサリは許せない頼子である。鯖と炊きこみご飯を行ったり来たりするだけで、一向に味噌汁には手をつけない。

「炊きこみご飯って日本だけの文化よねぇ。バリエーション豊かだし、ご飯に味を加えるだけでどうしてこんなにおいしいの。あぁ、こりゃ止まんないわ」

のんきに感心している。その言葉に、僕はつい口を挟んだ。

「何言ってんの。味付けは違っても似たようなものは各国にあるよ。中国なら、チャーハンやちまき。トルコならピラフとか、スペインにはパエリアがあるし」

「ほー、なるほどねぇ。確かにそうだわ。そう考えると、何も和にとらわれずに自由に作ってもいいのね。バター醤油で作ってもおいしそう」

頼子が笑いながら言う。

バター醤油の炊きこみご飯か。その組み合わせを僕は知らない。味を想像すると、そっちに気を取られてしまい、食卓には沈黙が訪れた。

確かに、和にとらわれずに作っても面白そうだ。和風……日本で生まれた洋食といえば、オムライスがあるな。

「――ん？」

唐突に、光の筋が見えた気がした。

「和風、ピラフ……いや、パエリアだ。白出汁で和風にしてみる、とか？」

僕がこぼした言葉に、頼子がピンと背筋を伸ばした。

「いいと思う！」

いまだにアサリには手つかずのくせに、こういうときだけは反応が早い。でも、その明るさに救われるから、とやかく言わないでおこう。

光明というのは突然に差すものだ。今や脳内でひらめいたメニューが超高速で調理されていき、完成品が光り輝いている。

「そうと決まれば試作だ。頼子も手伝って」

「えぇーっ？　そうきたかぁ……」

いらんことを言ったとばかりに顔をしかめる頼子。その顔に僕はからかった。

「アサリを触ってみれば、食べる気にもなれるんじゃない？」

「それは絶対にありえない！」

一刀両断されては、アサリも気の毒だ。

ふと、倉橋さんの言葉を思い出す。

――頼子さんが食べやすいようにメニュー考えりゃいいじゃん。

まさにそのとおり。こうなったら、意地でも「おいしい」と言わせてやる。

「あ、そうだ。ジンジャーのササミを食べた責任はとってもらわないと」

しれっと静かに言えば、頼子は顔を強張（こわば）らせた。

「うわぁん。バレてるぅ」

「そりゃあ、いつも見てるからね。不本意だけど」

意地悪は不意打ちのほうが効果てきめんだ。


夜も更けてくる時間帯になった頃。夕飯の後片付けも終え、頼子はソファでテレビを観（み）ながらくつろいでいた。缶ビール片手に刑事ドラマに見入っている。

僕はキッチンに立っていた。クーラーボックスのアサリと対面している。

調べたところによるとパエリアは、サフランの香りが特徴で、彩（いろど）りのいい華やかな料理だ。米と野菜、魚介をスープで炊く。大きな平たいパエリア鍋で作るものだが、一般家庭で作るならフライパンで十分。そもそも「パエリア」とはフライパンという意味なので、こちらのほうが自然だ。

「よし」

冷蔵庫を物色する。トマト、玉ねぎ、大葉……とりあえずこれで。イカやエビが偶然入っているわけがなく、仕方なく冷凍庫を開けた。

会社で取引きしているメーカーの冷凍シーフードミックス。これにイカとエビが入っている。小ぶりだが、ないよりはマシだ。風味も変わってくるだろうけど、そこは想像力で補うとして。

簡単にレシピを考えていると、ふいに前方が翳った。調理台を挟んだ向こうで、ソファの背にもたれるように頼子がこちらを覗きこんでくる。

「修くん、今から作るの？」

「うん。試作して、うまくいけばこれを書面にして部長に渡すから。申請は早めにしたいんだ」

「えぇー？　んもう、家に帰ってきても仕事ばっかり。つまんなーい」

絡みかたが酔っ払いのそれである。手にしている五〇〇ミリリットルの缶ビールは、さっき開けたばかりなので、たっぷり残っていそうだ。ちなみにこれは二本目。

「あんまり飲みすぎるなよ」

「いやいやいや、これからでしょ。何を言ってるんだね、君は」

　僕の注意を、頼子はあっさりと一蹴（いっしゅう）した。

　あーあ……ダメだ。これはもう何を言っても無駄だ。早々に諦めて、僕は食材を冷蔵庫にしまった。代わりに金色のスチール缶を取り出す。

　仕方ない。晩酌に付き合ってやるか。

「あ、修くん。なんかおつまみ欲しい」

「えー？　何もないよ？」

　プルタブを引き起こしてリビングに行く。すると、それと入れ替わるように頼子がキッチンに向かった。僕はソファに座り、ビールを飲みながら彼女の動向を窺（うかが）う。

　頼子は炊飯器に手をつけた。炊きこみご飯が少しだけ残っている。それを適当なお椀（わん）に全部入れた。

「まだ食うの？」

「ちょっとだけだってー」

　そう言いながら冷蔵庫を物色し、「ふっふー」と不気味な含み笑いをする。

「これ、修くんも食べたかったやつじゃない？」

くるりと振り返り、手に持った卵を見せてきた。その言いかたから、昼間の僕に見せつけるような食べ方はわざとだったのだと確信する。

テレビの中で、犯人役の俳優が高笑いした。主人公らしき刑事が窮地に陥るというシーン。頼子の顔は犯人と同じもので、僕はさながら刑事役みたいな立ち位置で。思わずごくりと唾を呑んだ。

そんな僕をよそに彼女はその場でドラマに目を向けていた。「あー、やっぱりそうなのかー。そんな予感してたわー」なんて独りごちながら卵の殻を割り、炊きこみご飯の上に落とす。

「白出汁で炊いてあるから、味付けはこのままで、よし！」

満足そうに言い、木のスプーンを持ってソファに戻ってきた。僕の横に座る。

「食べたい？　食べたいでしょ？　興味あるでしょー？」

頼子はもうドラマに見向きもせず、ひたすら僕をからかう。黄身を割って、ご飯の上で少し混ぜてスプーンですくい、僕の目の前にちらつかせる……楽しそうだ。

そうして十分に頼子を泳がせたところで、彼女の油断した手をがしっとつかんだ。すかさず、スプーンの中にあるご飯をぱくっと食べる。

「あーっ！」

絶叫の中、白出汁卵かけご飯を噛み締める。卵をかけるだけで味わいがかなり違う。ていうか、卵かけご飯はシンプルにうまい。うまいものとうまいものを足したらうまいに決まっている。

この出会いに感動していると、頼子がふてくされながらスプーンでご飯を混ぜた。

「まだ聞いてないよー。食べたい、僕にもくださいって言ってよー」

「やだ」

期待に添えず申し訳ないけど、その願いを聞いてやるつもりは毛頭ない。

頼子はふてくされながら食べ、缶ビールを飲んだ。卵かけご飯をつまみにビールを飲むって、なんとも奇妙な光景だ。やっぱりかたよっている。

＊＊＊

結局、アサリを使った試作は翌日に行った。頼子は手伝ってくれなかったので、自由に思うまま忖度せずにいろいろ作ってみた。アサリがあまったので唐揚げや佃煮も……まぁ、食べるのは僕だけなんだけど。

そして、ある程度の分析をしたレシピを会社で作成し、無事に戸高部長へ申請した。

「へぇ、よかったじゃん。なんとかなって。アタシのおかげだな！」

スーパーダイコクにて。打ち合わせが終わったあと、一部始終を倉橋さんに話したら、太陽と同じくらいカラリと晴れやかに言われた。

「そりゃ、仕事ではお世話になったけども、まだまだ消費できてないし。頼子は絶対に食べないし」

「まぁ、そのへんは心中お察しする、だな」

なんだか不思議なことを言う。倉橋さんはポケットからスマートフォンを出して、何やら操作し始めた。

「殿の苦労は十分伝わったわ」

見せてきたのは、トークアプリのメッセージ。

【倉橋ちゃん。ごめんだけど、こいつとは絶対に仲良くなれない……】

大きくバツ印を示すウサギのスタンプとともに頼子からのメッセージがあり、下へスクロールすると僕が作ったアサリ料理の写真が載せられていた。

「はっ⁉　え？　何これ！」

思わず大声を上げると、休憩室でテレビを見ていた従業員さんたちが何事かと振り返る。倉橋さんが、僕の頭をスマホで小突いた。

「いやぁ、まぁ。悪いことしたな、殿」

そして、彼女は僕の肩を叩いて拳を握った。キラッキラな笑顔を見せてくる。

「ガンバって」

「ひとごとだと思って……」

作ったはいいものの、毎日アサリを食べるのはかなりつらいぞ。

「いや、分かるよ。その苦労はよく分かる。うちもちびっ子たちが、あれ嫌いだのこれ嫌いだのうるせーからな。ほんと、手がかかるよなー」

言葉とは裏腹に照れているところを見るに、子供たちのことがすごく大好きなんだろう。だって、手がかかるほどかわいいものだから。

「ちなみに、そういうとき、倉橋さんならどうするの？」

ほっこりと場が和(なご)んだところで参考までに聞いておこう。参考になればいいけど。

僕の問いに、彼女は「フッ」と不敵に笑った。そして、清々(すがすが)しい笑顔で言う。

「食えって言って口の中につっこむ」

「うわぁ……」

問答無用のパワー型じゃないか。やっぱり参考にならなかった。

「ちなみに、旦那にもそうしてる」

そう答える彼女は最強無敵な戦士だった。倉橋さん、強い。

僕にそんなことができるかと想像してみたが、到底できそうもない。

「でもまぁ、殿にだって苦手なものはあっただろ。ほら、牛乳とかピーマンとかさ」

「え？」

聞き捨てならない言葉だな。僕の反応に、倉橋さんも首をかしげた。

「え？　だって給食のとき、アタシに横流ししてたじゃん。あれ、嫌いだったからだろ？」

そのとき、僕の脳内で急に中学時代が思い起こされた。

確かに、なんか、そういうことしてた。そうだ、僕の嫌いなものは――いや、別にそこまで嫌いじゃないんだ。今は。

「でもさ、それを克服した上で、頼子さんにも苦手を克服してもらおうと思ってるわけじゃん。健気なやつだなぁ」

固まる僕の横で、倉橋さんは本気で感心したように頷いていた。

僕に嫌いなものはない。ほぼ全部の食材は食べられるし、食べられないほど不味いと思うものはない。無意識に避けたり料理に使ってないことは、ない……はずだ。

でも、あんな偉そうに言っておいて、この事実が頼子に知れるのはよろしくない。

「倉橋さん、それ、絶対に頼子に言わないでね」

「え？　何？　どれ？」

「いや、いいんだ」

　ごまかして笑う。すると、倉橋さんが口をへの字に曲げた。

「隠しごとは良くないぞ！」

　うん、それはごもっともなんですが。でも、なんというかこう、頼子に僕の昔の話が知られると後ろめたいことがわんさか出てくるような。中学時代はとくにダメだ。

　そんな心情もつゆ知らず、彼女は高らかに言った。

「円満の秘訣は裏表なく過ごすことだからな」

　僕はもう返す言葉がなかった。

三品目　ふたりの思い出カレー

毎月第三土曜日は、カレーライスを作る日だ。これには深い因縁があり、かれこれ第三回目を迎える今日は僕が作る番だった。

今宵、反撃の火蓋が切って落とされる――

始まりは三月の第三土曜日。第一次カレー戦争と言っても過言じゃない。

カレーというのは自分の舌を追究するにはもってこいの料理だと思うし、何より僕はカレーが大好きだ。食べたいものを作るのは当然だと思う。

材料は玉ねぎ、大根、ごぼう、牛肩ロース、にんにく、生姜(しょうが)。今回はチューブではなく、にんにくも生姜(しょうが)も生のすりおろし。ルウにはカレー粉がマストで大さじ三。これにバターと薄力粉が大さじ三、ローレル、砂糖、塩、ブラックペッパーを適量。味にコクを出すためにウスターソースとカットトマトも加える。

　具材は冷蔵庫のあまりものを使ったので、にんじんとじゃがいものカレーではない。でもカレーはなんにでも合うし、とくに大根を使うと味がぐっと深くなる。じゃがいもより味がしみこみやすい。ごぼうは食感が楽しく、深い味わいになる。

　大根は一口大の角切り、ごぼうは乱切りに（頼子も食べるので気持ち小さめでカット）する。玉ねぎは煮こんだあとも形が残っているほうが好きなので、半玉をざっくりくし切りで。残り半玉はみじん切りにしてルウに溶けこませる。

　材料を切り終えたら、にんにく、生姜、玉ねぎを炒める。油が回ったら、塩胡椒で下味をつけていた牛肩ロースを投入。肉の色が変わったころに大根、ごぼうを加えてしばらく中火で炒める。具材に火が通ったらコンソメスープを加え、中火で煮こむ。別の鍋で作っていたルウを入れ、とろみがつくまで味を調節しながらひたすら煮こむ。

　最後にガラムマサラを加えて辛味を足す。くつくつと煮立ち、木べらにとろみが十分に引っかかれば完成。

　スパイスの香りだけで辛さが想像でき、汗がにじむ。いい仕事をした。

　そんなこんなで出来上がったのが僕の自慢のカレー、なのだが——

　ジンジャーの定期検診から帰ってきた頼子は、カレーの香りをたどってキッチンへ真っ先に入ってきた。

「今日の夕飯はカレーだよ」

「へぇぇ」

「あともう少し煮こんだら完成だから」

そんな会話をし、いざ夕食時。頼子が圧力鍋の蓋をぱかっと開けた瞬間、彼女から不穏な絶叫が飛び出した。

「えーっ⁉ カレーって言ったら、バターチキンカレーでしょ！」

頼子が言い放（はな）つ。ご飯をよそっていた僕はうっかり皿を落としかけた。

「バター、チキン、カレー？」

初めて聞く単語じゃないのに、たどたどしく訊（き）き返す。頼子はお玉で鍋の中をかき回していた。

「やだー、しかも大根入ってるぅ。嘘ぉ、ごぼうも？　意味分かんない！　なんで変なの入れちゃうのー？」

絶望的な口調で責めたあと、彼女は僕の視線に気づいて口をつぐんだ。そしておどけるように笑う。僕は動揺しながらカレーを盛り付け、見栄え良く生クリームを少しだけかけてみたりする。

　確かに普通とは違うかもしれないが、見劣りはなく味も悪くない。何度も味見したし、ルウは抜群に白飯に合うし、何よりスパイシーな味に大根のまろやかさが絶妙で完璧な仕上がりだ。煮こんだ甲斐もあって、玉ねぎと同じくらいトロトロになった大根は味がしみてて、でも大根本来の旨み（うま）も濃縮されているからルウも芳醇（ほうじゅん）な味になってくれている。これは間違いなく明日もよりコクが増してうまいはず。冷蔵庫のあまりものとは思えないクオリティの高いカレーだ。

　なのに、頼子はいい顔をしてくれない。困ったようにスプーンを舐（な）めている。

「次のカレーはあたしが作るわ」

「ええ？　なんで？　そんなにダメ？」

　ごぼうを苦々（にがにが）しく噛みながら言う彼女に、僕は負けじと言った。

「ごぼうがダメだった？　それとも大根？　そりゃ普通のカレーじゃないけどさ、これも結構いけると思うんだよ。だいたい、カレーに定義なんてないんだから」

「修くん、冷蔵庫のあまりものを片付けたかったんでしょ？」

　冷ややかに鋭い言葉が突き刺さる。思わず肩が上がり、口をつぐんだ。これに頼子は怪しげに「うへへへ」と笑った。お見通しだ、と言いたげな顔だ。

「明日、ダイコクが特売なんだよねぇ……帰り際、張り紙見たんだよ」

日曜日、午前の特売セールがあることは、いくら食に無関心な頼子でも知っているようだ。僕はカレーをごくんと喉に送って黙りこむ。頭の中では特売で目をつけているものが超高速で流れていった。それを捉(とら)えるように頼子の目が鋭く光る。

「えー、明日の真殿修は春キャベツ、新玉ねぎ、新じゃが、長芋、卵を手に取る模様です」

僕の思考が完全に把握されている！

「いや、どうかなぁ。あそこは競争率高いし、僕が行く前に売り切れてるかも」

「あなた、ほとんどあそこのスタッフみたいなものじゃない。店長か倉橋ちゃんに頼んで確保するくらい簡単でしょ」

「そんな卑怯なことしないよ！」

ひどい言われように慌てると、頼子は愉快そうに笑った。

「修くんの考えることはだいたい分かる。でも、このカレーは予想外だった」

ごぼうを避け、大根をスプーンで半分に割って食べる頼子。カツンと皿に当たる音がやけに響き、僕は気まずくカレーを一口頬張(ほおば)った。

牛肉もしっかり味がしみててうまいのに。でも、明日の特売のことを考えると、春キャベツで何を作ろうかと頭が自動的にレシピを探っている。頼子に「おいしい」と言ってもらえなかったショックを隠すように。

「ふむ……ごぼうはいけ好かないんだけど、大根は悪くないかも」

彼女の判定は厳しい。ていうか、ごぼうは単純に嫌いなだけだろ。

「でもね、やっぱりカレーはバターチキンカレーだよ」

「これもバター入れてるよ」

「でも、なんていうかこう……『牛感』が強いんだよねぇ」

「う、牛感？」

聞き慣れない言葉だな。

彼女はさらに「牛っぽさ」と表現した。

「なんというか……濃いのよ。それに、やっぱり牛肉って臭みがあるじゃない？　全体的に味が濃くて。なんか、肉肉しい。あと、ルウにとろみが足りない」

「はぁ……」

説明が曖昧だし抽象的でよく分からないんですが。

「そりゃ、このカレーは牛肉使ってるし、そう感じるのかもしれないけど、カレー粉からスパイスの調整をして仕上げたんだ。トマトも入ってて、玉ねぎもみじん切りして甘く炒めてるし、市販のルウじゃなくても、ちゃんとカレーだよ。しかも昼間から煮こんでたんだから、ある意味では専門店くらいに手間ひまかけてる」

「でも、あたしの知ってるカレーじゃない。やっぱり鶏肉だよ。手羽元がいい」

頼子も負けじと言い張った。

この手羽元教め。肉料理全般、鶏肉のリクエストが多いけど、僕は豚や牛が好きなんだ。鶏も好きだが、それと等しく豚と牛も好きだから鶏を贔屓（ひいき）するわけにはいかない。

「僕の実家は牛肉だったんだよ。カレーくらいは贅沢に牛肉を使いたい。ほら、ちゃんと肉に合うように味付けもしてあるし。悪いけど、鶏肉だと味が淡白であっさりしてそうだから、そこまで推（お）す理由が分からないし、手羽元だと骨があるだろ。食べるのに面倒だよ」

「でも、うちは鶏肉だったんだもん。カレー粉じゃないし、にんじんとじゃがいもだったの。じゃがいものホクホク感が好きなの。カレーはやっぱりじゃがいもと鶏だよ。これがなきゃカレーとは言えない！」

まったく無駄な応酬だ。それに気がついたころには、僕のカレー皿はすでにからっぽで、おかわりをしようと席を立った。一方で、頼子は半分ほど残っていた。なんだかんだ言いつつも食べているから釈然（しゃくぜん）としない。

ルウをつぎながら、僕は不機嫌に言った。

「まぁ、カレーっていうのは家の味が反映されるものだから、どうしても文化が違うんだよ。でも、そこから追究して自分好みのカレーを考えてきたんだ。それを簡単に『カレーじゃない』って言われたら、さすがに僕も黙ってられない」

「だから、次のカレーはあたしが作るってば。お互いのおうちカレーを作って協議しましょう。話はそれから」

ぴしゃりと言われ、もうそれ以上は何も言うまいと拗ねた僕は、二杯目のカレーをこれ見よがしにかきこんだ。

食文化というのは奥が深く、多種多様だと痛感した。彼女のこだわりを十分に理解していなかったことも含むが、僕の考えも楽天的だったんだろう。

これが第一次カレー戦争の全容である。

また、第二次カレー戦争の狼煙が上がったのは翌、四月の第三土曜日だった。なぜだか自然と土曜日が選ばれた。第三土曜日が僕の公休であるのも理由に含むかもしれない。決戦の日、僕の脳内では密やかに法螺貝が鳴り響いていた。

とは言え、その日は家でまったりと過ごしていた。洗濯物をたたんでいると、ジンジャーが僕のパーカーの紐で遊ぶから抱っこしてソファに置いて、それでも飛び降りてまたじゃれつくのでソファに追いやって。

「おい、ジンジャー」

少し怒ってみるも、ジンジャーは「ふふん」と楽しそうにしっぽを振った。丸い目の瞳孔が開き、よく狙って飛びつき、必死に前足で紐をそよがせる。

わざとだ。わざとだな。僕を困らせて楽しんでるんだな。

そんな小悪魔から逃れ、どうにかパーカーをたたんでしまうも、今度は丸めた靴下を転がして遊び始めるので収拾がつかない。

「やめてってば。終わらないだろ。まったく、しょうがないやつだなぁ」

そう言いつつ結局、ジンジャーのかわいさに負けてソファで遊んでしまう……気がついたときには昼時も過ぎており、頼子が外から帰ってきた。

「ただいまー」

行きはデジカメと財布が入ったポーチだけだったのに、帰りはエコバッグを抱えて玄関になだれこんできた。

「おかえり」

出迎えに行き、荷物をすぐに抱えると彼女は靴を脱いで、トレンチコートのポケットからデジカメを出した。写真を確認しながら部屋に上がってくる。それを僕は追いかける。

彼女はそれからリビングのガラステーブルでノートパソコンを開いた。洗濯物の上だろうとお構いなしに座りこみそうだったので、荷物をキッチンに置いた僕は慌てて洗濯物をソファに避難させた。

　カレーはまだ作らないのか、むしろカレーのことなんか忘れてしまっているのか、彼女はそれからずっとパソコンと睨（にら）み合っている。

　洗濯物を収納し終え、スマートフォンで漫画を読んだり、ネットニュースを見たり、ゲームをしたり、おやつに一口ドーナツを食べている間も、彼女は黙々と作業していた。

　地元史ブログはどうやら順調らしく、閲覧数は上り調子らしい。原稿を一心不乱に書いている彼女の姿は、全力で趣味を謳歌しているよう。時折「ふふふ」とか「んふっ」とか「うふふふふ」とか、どうにも怪しい含み笑いが漏（も）れている。何が面白いのか気になるところだ。

　それでも原稿執筆中は邪魔できないので、僕は再びスマートフォンでゲームをしたり、ジンジャーと遊んだり。

　僕にも頼子みたいに趣味があればいいんだけど、料理する以外に好きなことがとくにない。いつの間にか眠っているのが常で、気がつけば夕方なんてこともザラだ。基本的に、どこにも行かない休日なんてこんなもの。

　だから、カレーの匂いがするまで、まったく気がつかなかった。

　目を覚ますと、覆いかぶさるようにジンジャーのしっぽがあった。僕の胸に寝そべっている。なんでそこに。

　身動きが取れないまま目線を上げてみると、頼子が僕の頭上で洗濯バサミを構えていた。

「あーあ、起きちゃったー」

　残念そうに言う頼子だが、その洗濯バサミで何をしようとしたのかすぐに察しがつき、僕は自分の危機管理能力に安堵した。

「どこ狙ってた？」

「ほっぺた。修くんのほっぺた、よく伸びるから」

　悪びれずに笑う頼子が、僕の頰(ほお)を指でつつく。その言いかたじゃ、気づかないうちに何度かやられているんだろう。危機管理能力はそこまであてにならなかった。

「あ、あとね、耳たぶも柔らかいよ。みょーんってよく伸びるの」

　身動きできないのをいいことに、頼子は僕の顔をムニムニと触る。そういや、頼子と一緒に住むようになってから、体重が少し増えたような。見た目はそんなに変わらないんだけど。

「太ったかなぁ……？」

「はぁー？　何をどうしたらそんな発想になるわけー？　お肌が無駄にモチモチしてる

だけでしょー」

そう言って彼女は僕の頬を雑につかんで揺さぶった。これ以上おもちゃにされてなるものか。

起き上がろうとすると、ジンジャーが「のぉぉぉ」と不機嫌に鳴く。「はいはい」と頼子がジンジャーを抱くと、足で彼女の顎を蹴飛ばした。仕方なく放すと彼はあてもなくうろうろとリビング中を徘徊した。前からそうだが、ジンジャーは頼子に抱かれるとめちゃくちゃ嫌がる。

「まったくもう。修くんにべったりで妬けるなぁ」

そう不満をこぼしながら、頼子はキッチンへ向かった。

そうだ、カレーだ。あまりにも平和で忘れかけていた。僕もあとを追いかけ、頼子の横から覗きこんだ。

「カレー、どんな感じ？」

「起き抜けでカレーの心配するって、どんだけカレー好きなの。この食いしん坊」

別にカレーが大好物ってわけじゃないし、オムライスも唐揚げもハンバーグも同じくらい好きだ。

ただ、あのカレー戦争があったあとだから、そりゃ緊張もする。しかも、いつの間にか全部の工程を済ましてるし。いつものズボラ料理と同じく簡単に済ませたんだろうなぁ、と思うとやりきれない気持ちにもなる。

前回、彼女がしたように圧力鍋の蓋をぱかっと開いてみた。

あふれ出るスパイスの香りに襲われる。そのあとを追うように玉ねぎの甘い匂い。ルウの中は宣言どおりににんじん、じゃがいも、そして手羽元がごろごろと煮こまれている。見たところ、普通だ。そして、カレーの香りは食欲をそそる。胃腸を刺激し、おいしそうだったので慌てて蓋を閉める。うっかり「うまそう」と言いかけた。これじゃあ、敵の思うツボだ。

ちらりと頼子を見る。シンクで洗い物を片付けており、こころなしか機嫌が良さそうだった。その横顔に安心し、僕は食べる前から頼子のカレーを分析する。

鼻を抜けるスパイスと、まったり奥行きのあるほろ苦い香り……これはカカオか。ということは、ビターチョコレートでも入れたんだろうか。

「やれやれ、修くんが待ちきれないみたいだから、ご飯にしよっか」

そんなことを言いながら、頼子は僕に「お皿用意して」と指示を出す。僕は言われるままカレー皿にご飯をよそった。白く丸い器の右半分にライスの小山を作る。そして、しっかりととろみのついたカレールウを流しこんだ。湯気(ゆげ)の中には市販のルウに凝縮されたスパイスの香りが強く、あとからにんにくと玉ねぎの甘みがふわっと追いかけてくる。大きめにカットされたにんじんとじゃがいも。そして、どーんと迫力のある手羽元を二本ずつ。

　カレー専門店で骨付きマトンのカレーを食べたことはあるが、見慣れないせいで動揺する。まず、どうやって食べたらいいんだろう。そこから考えてしまう。食卓に並ぶと余計に異様だった。しかし、頼子にはこれが当たり前なのだ。

「はい、頼子特製バターチキンカレーです。めし上がれ」

　彼女はずっと機嫌がいい。この機嫌を損ねるようなことはしたくないが、今宵は第二次カレー戦争。前回、こてんぱんに叩かれたものだから、かなり抵抗感があった。

「いただきます……」

　とにかく食べてみないことには始まらない。手羽元を後回しにし、まずはにんじんと玉ねぎとライスをすくい、パクッと口に放りこむ。

　カレールウはまろやかで濃厚。でも、最初にガツンと強い風味がくる。煮こんだ野菜の甘みが広がり、米との相性もいい。後味はちょっと脂が残る……でも、うまい。普通にうまいな、これ。

　ルウにはやっぱりカカオの香りが含まれており、隠しきれていない。でもコクがあって、とにかくルウが濃く、それでも味に飽きはなく、むしろ旨みが強い。二日寝かせたような味だ。僕が作るカレーは数時間でこんな旨みは出せない。

「どう？ おいし？ おいしーでしょ？」

黙りこんで味を分析している中、頼子がしきりに訊いてくる。自分はまだ手をつけず、身を乗り出して僕の反応を見ている。僕はもう一口食べ、咀嚼し、喉に送ってから水を飲んだ。そして一言。

「うまい」

相手の健闘を称えるのは基本だ。また、ケチをつけるところが見当たらなかったので素直に言う。すると頼子は勝ち誇ったように「オホホ」と笑った。

「ほーらね」

うーん、そう言われると認めたくなくなるな。

僕はスプーンの先で手羽元を転がし、脇に追いやった。

「この、手羽元はどうやって食べればいいの？」

訊くと、頼子が不思議そうな顔を向ける。

「どうって。普通に」

「普通に？」

「手でつかんで食べてもいいし、スプーンでかぶりついてもいいし。あたしは手を汚したくないからスプーンですくって、こうやって食べる」

　頼子は手羽元のてっぺん、軟骨が大きい部位をスプーンに置き、まず肉がついてないほうから食べた。

「あー、なるほど」

　手羽元の食べかたくらい考えたら分かるんだけど、やっぱりカレーに入っているせいかインパクトが強いので思考力が大幅に落ちてしまう。ちなみに、僕は手羽元といったら甘辛煮が好きで、その場合は身をむしゃむしゃ食べる。

　頼子は軟骨までしゃぶりつくし、一本を食べるのに時間がかかっていた。せっかくのカレーが冷める。そう思うと、どうにも手羽元カレーを好きにはなれない。

　じゃがいもを半分に割り、ルウと一緒に頬張る。しかし、この旨みはどうやって出しているんだろう。気になってしょうがない。

「ねえ。このカレーの作りかた教えて」

　思わず訊くと、頼子は先ほどと同じように不思議そうな顔を見せた。肉をきれいに隅々まで食べながら。

「作りかたも何も、普通の作りかただと思うけど」

「君の〝普通〟は僕の〝普通〟じゃないことがあるんだよ」

「ふうん」

投げやりな返事をされる。頼子は調子よくパクパクとカレーを食べ、ゆるゆるとレシピ解説をした。

「そうねぇ。まずは、材料を切るでしょ。にんじんとじゃがいもは、シリコンスチーマーでレンチン。んで、その間に玉ねぎとにんにくをバターで炒める。あ、玉ねぎは薄くしないことがポイントね。ルウに溶けちゃったら玉ねぎの食感がなくなるから」

そこまでは僕とほとんど同じだな。

「で、玉ねぎがしんなりしてきたら、ホクホクのにんじんとじゃがいもを加えます。油が回ったら、手羽元を投入！」

彼女のテンションとは対照的に、僕は真面目に頷く。

「手羽元の表面の色が変わってきたら、お水を加える。中火にして鍋に蓋をして、沸騰するまで待つでしょ。はい、沸騰した。ここでコンソメブロックを二つ投入！」

「コンソメ……まぁ、無難だよな」

「コンソメが溶けたら、いよいよルウね。辛口のやつ。固形のルウを三つくらいでちょうどいいとろみがつくと思う。じっくり煮こむ。ひたすら煮こむ」

うーん。ここまで全部、カレールウのパッケージ裏に書いてあるレシピだ。隠し味とか裏技とか、そういうものが一切ない。と思っていたら、頼子はすっと人差し指を立てて密やかに言った。

「ある程度、煮詰まってきたら、ビターチョコをひとかけら入れます」

「あ、やっぱりチョコが入ってたんだ」

「ありゃ？　気づいてたのー？　なーんだ。がっかり」

とびきりの隠し味に見せかけて、カレーの隠し味にチョコレートはポピュラーとも言える。すりリンゴやフリーズドライのバナナ、無糖ヨーグルト、インスタントコーヒーなんかも話に聞く。前者二つはフルーティな甘みやまろやかさが際立つし、ヨーグルトはさっぱりとした酸味が出る。インスタントコーヒーは味にコクが出ると聞くが、チョコレートよりは香ばしく深い味になりそうな。やったことはないけど、一晩寝かせた味になるという。

「チョコが溶けていったら、さらにルウがドロドロになってくのね。あまり固いと牛乳で調節するの。とろみはご飯に沈まない程度がベスト。それで、はい完成」

頼子のカレーレシピはシンプルなものだった。まぁ、ズボラな彼女のことだから、特別なことはしないんだろうが、それでも僕は納得しない。ルウをスプーンですくい、まじまじと見つめながらさらに訊く。

「本当にそれだけ？　市販のルウだけでここまで旨みが出るもの？」

「旨み……？」

頼子はピンとこないらしく、ルウをすくって舐めて首をかしげた。僕はこれをどう伝えようか必死に言葉をこねくり回した。

「なんというか……洗練とまではいかないけど、芯のある味っていうのかな。ブレない味。コンソメだけじゃなくて、こっくりとした深み」

「うーん？　何言ってるのか全然分かんない」

頼子は辛辣に笑い飛ばした。僕も途中から何を言ってるのか分からなくなり、気を抜くように笑った。

「あ、もしかしてチキンじゃない？　鶏ガラスープ」

頼子が思い立ったように言う。

「鶏ガラ……顆粒の？」

コンソメだけでなく鶏ガラスープまで入れたら味が濃くなるだけじゃないか。と、思っていると頼子は鼻で笑い飛ばした。

「じゃなくて、これ」

そう言ってスプーンで指し示すのは手羽元。

なるほど。でも、手羽元からそんなに旨みが出るものなのか……今度、やってみるか。

いや、ダメだ。惑わされるな。僕は根っからのビーフカレー派のはずだろう。

頼子はニヤニヤしながら僕の様子を観察している。考えていることが全部見透かされているような……ありうる。

僕は思考を読まれないようにカレーを頬張った。手羽元はやはり食べるのに困る。そもそも身が引き締まった部位だし、頼子みたいに軟骨までかじる概念がないので、身の部分が少なく感じてしまう。物足りないので二杯目をおかわりした。

頼子の味付けはムラがある。しかし、このカレーはすんなりと舌が馴染む。

でも……

「どうよ、あたしのカレーは」

ごちそうさまでした、と手を合わせた瞬間に頼子が訊く。彼女は一杯だけ食べ、食後のヨーグルトサワーを飲んでいる。僕も皿をシンクにつっこむ際、グラスにヨーグルトリキュールを入れ、ソーダで割って食卓に戻った。

「うーん……」

腕を組んで考える。

「まぁ、ちょっとぐらついたけど、やっぱり僕はビーフカレーがいい。手羽元は食べづらい。面倒。僕は一口で肉も一緒に食べたい」

「えぇー？　んもう、じゃあどうしろって言うのよ！」

「ここまでくると、お互いが納得できるカレーはできないと思う。君は手羽元教で、僕は牛肉がいい。カレーくらい、自分の好きな具材で作るべきだ」

「だったらあたしにもその権利はある！」

「そう。だから、お互いが納得できるカレーは不可能なんだよ。どっちかが折れなきゃ、僕らはこの先、カレーだけで喧嘩になってしまう。それどころか、もう二度と家でカレーが食べられなくなる」

　大げさにビシッと言い放つと、頼子はその空気に呑まれてか神妙に唸った。

「確かに、そうかもしれない……」

　彼女はヨーグルトサワーをごくりと飲んだ。カランと氷が回る音がし、真っ白なサワーの微弱な炭酸が弾ける。

　しばらく、僕らは沈黙した。足元でジンジャーがトコトコとトイレに走り、砂をバラバラ散らかすまで部屋は無音だった。

「……来月は僕が作るよ」

やっと出た答えはそれだった。頼子が顔を上げる。眉を下げて「はぁ？」と表情だけで訴える。対し、僕は静かに言った。

「この前のは、ここまでの長期戦を予定してなかったから簡単に済ませたっていうのもあるし、どうせなら君を唸らせるうまいカレーを作ってリベンジしたい」

「あたしが認めなかったら？」

「別の策を考えよう」

そんな感じで第二次カレー戦争は、来たる翌月の第三土曜日に終止符を打つことと相成った。勝っても負けてもこれが最後だ。

そして今日がその日。正確に言えば、時刻は昼十二時。スーパーで買った牛すじ肉の下処理から僕のカレー作りは始まる。

頼子は趣味の史跡写真収集に出かけていた。ジンジャーはベランダ近くの窓際で腹を見せて眠っている。

僕はシャツの腕をまくり、なんとなく息を整えた。

まずは、この牛すじをとろみのある肉にするため、下処理を行わなくてはいけない。何もせずにそのまま鍋で煮こむと、噛み切れないほど固くなってしまうからだ。面倒だが、一番うまい料理を作るにはそれほどの労力も惜しんではいけない。

さて、今回は奮発して国産の牛すじ肉（一三〇グラム）を使う。

手のひらサイズの真っ赤な身と白い筋、そして薄ピンク色の脂。このすじ肉を二分の一サイズにカットする。すじ肉は固いので、結構力がいる。解体作業のレベルだ。全部切ってしまったら、最初の下茹でを始めよう。

水を張った雪平鍋に入れ、沸騰するまで茹でる。十分ほどで湯が沸き始めたら、すじ肉からアクが出てくる。モコモコと泡立つアクと一緒に茹で汁を全部捨て、肉をザルに上げる。赤身が茶色に変わった。サイズも縮んでいる。赤身は引き締まり、脂も少し固めのゼラチン質に変わっている。

このすじ肉を流水で丁寧に洗う。こうすることで、身にくっついたアクが取り除ける。そうして今度は圧力鍋にすじ肉を放りこんだ。

ここからが本番。

僕は冷蔵庫から生姜を取り出した。皮付きのままで輪切りにした生姜と、長ネギの青い部分だけを五センチの大きさに切って鍋に放りこむ。ネギの青い部分は砂を噛んでいるので、表面の皮を剥いて流水で洗うのを忘れずに。

水を入れ、火にかける。こうすることで、生姜とネギの風味がすじ肉に行き渡る。

さぁ、これから一時間半、煮こむのみ。その都度、様子を見ながら取り残したアクを除き、沸騰したら火を弱めて水をつぎ足す。肉が浮いてきたらまた水を足し、その繰り返し。時折、肉の弾力を確かめながら煮こむ。ひたすら煮こむ。

すじ肉は腱がとくに固い。これを柔らかくするにはこの下処理が欠かせないから、面倒なんだけど、頼子の舌を唸らせるにはここまでする必要があると思う。でなきゃ、僕の立つ瀬がない。

そこは腐っても調理師、すぐに投げ出したくせにプロ根性だけは一丁前だ。くすぶっていたものに火をつけられてしまっては、本気で挑むしかないだろう。丁寧に作ったもののほうが何倍もうまいのだと証明してやる。

それに、どうしても牛肉のカレーがいい。家で食べるのなら、自分の舌が馴染んだあの味がいい。

実家のカレーは特段美味とまではいかない、ごく普通のありふれた味だった。それこそ、ルウの箱の裏に書かれてあるようなレシピと材料で作られたカレーライス。にんじん、じゃがいも、玉ねぎ、そして牛肉がごろっと入っている。

この肉をルウの中から探すのが定番で、見つけたらすぐに食べてしまう。先に肉がなくなってしまい、にんじんを残しておかわりしては母さんによく怒られていた。

給食のカレーも大好きだった。それはみんな同じなのか、クラスで奪い合いになるくらいの人気メニューで、そのカレーにも牛肉が使われていた。

でも、僕がここまで牛肉にこだわるのは、もっと深い理由がある。

世界一うまいカレー。それは僕の伯父、宏樹(ひろき)おじさんが作るビーフカレーだ。まさしく唯一無二の味――

「ただいまぁ」

思いを馳(は)せていると、頼子が帰ってきた。牛すじは今のところ、安定的に煮こまれている。持ち場を離れ、彼女の出迎えに玄関に走った。

「おかえり」

「ただいま、修くん。お腹(なか)すいちゃったー」

珍しいな。

「いつもは飯なんてどうでもいいって、まっすぐパソコンに向かうのに」

「やだ、あたしだって人間なんですけどー。そりゃ、歩き回ったらお腹(なか)もすいちゃうよ」

頼子はまとめていた髪をほどき、僕のあとを追いかけてきたジンジャーを抱き寄せた。「のぉぉぉ」と嫌がるジンジャーだが、頼子の頬ずりにはかなわないと悟ったらしく、恨めしそうな目を僕に向けた。これを助けず、僕は笑いながらキッチンへ戻る。

「じゃあ、お昼にしようか」

「うん」

にこやかに頷き、頼子はそのまま洗面所に向かう。

エプロンをしたままでちょうど良かった。今日のメインはカレーだから、昼は軽めに済ませたい。

頼子が手を洗って戻ってきた。外出用に着ていたカーディガンとシャツを脱ぎ、ゆるんとした灰色のパーカーに着替えている。そして、リビングのソファにごろんと寝そべった。

「そう言えば修くん、どうしてエプロンしてるの？」

「あぁ、今日のカレーの仕こみをしてて」

「はっ？　昼間っから⁉　はぁ……そりゃ、お疲れさま」

信じられないとでも言うようなリアクションが返ってきた。そして頼子は呆れた様子で口元を緩ませて笑い、ソファの下を歩くジンジャーにちょっかいをかける。頭の毛を鶏のトサカみたいに逆だてると、ジンジャーが怒って猫パンチをする。それを横目で見ながら、僕は冷蔵庫を開けた。

昨日作った鶏とタケノコの煮物と、味噌汁を出してレンジで温める。ご飯も茶碗によそい、作り置きのツナサラダをダイニングテーブルに置いた。

頼子がいそいそとキッチンまで来て、ふたりぶんの箸を用意する。僕はレンジから煮物を取ってテーブルに並べていく。

「わーお、残飯ランチだぁ。ズボラだねぇ」

頼子には言われたくない。

「メインは夜だからね。それに冷蔵庫の残り物を片付けられて一石二鳥」

「ほんと、カレーにこだわるんだから。あーあ、なんか変なスイッチ入れちゃったなぁー」

半ば後悔するように彼女は言った。

それには答えず、僕は黙ったまま味噌汁をテーブルに置いた。

＊＊＊

昼食を終えたら、彼女はすぐにパソコンに向かった。

「ねー、聞いて。今日ね、小路母川の下流まで行ってきたんだけどね」

なんだか楽しそうに話し、デジカメのデータを甲斐甲斐しくパソコンの中へ移す。そんな彼女の横に座り、僕はジンジャーの爪を切っていた。家事をほとんど終えてしまい、牛すじも休ませている最中なので僕も休憩だ。

「知ってる？　小路母川の下流に、牛がいるんだよ」

「牛？」

なんだろう。聞いたことがない。それに説明が雑すぎるので、僕は首をかしげるしかなかった。

「えー？　知らないの？　地元民のくせにー」

頼子は頬を膨らませて不機嫌をアピールした。しかし、すぐに笑顔になってしまうので怖さは皆無だ。

「ほら、これよ。こ、れ」

そう言って彼女はパソコンの画面を見せてきた。

牛の頭だけが彫刻された黒いオブジェのようなものが、長尾橋と刻まれた古めかしい橋名板の近くに堂々と鎮座している写真がある。橋の入口の欄干にある牛の彫刻はデフォルメされたかわいげのあるものではなく、どちらかというと神社に置いてあるような、リアルな造形だった。年季が入っているのでツノや耳なんかが丸くなっている。こんなものが橙門の町にあったなんて知らなかった。

「それでは、ここで問題です」

急なクイズが出題される。「デデン！」と自ら効果音を出し、頼子は得意げに言った。

「この牛は、もともと長尾橋の欄干に置かれていなかったそうです。どこかから引っ越してきたのですが、それは一体どこでしょう？」

「ええ？　何それ。全然分かんない」

「制限時間は三十秒。よーい、スタート！」

頼子はたまにこうしたクイズを出してくる。それがいきなりなので、いつも反応が遅れがちだ。爪を切る手をすっかり止めてしまい、ジンジャーが逃げてしまった。

えーっと……どうしよう、まったく分からない。

「はい、時間切れ」

パンッと目の前で手を叩かれ、思考が一気に吹っ飛んだ。

「……正解は？」

苦々しく訊くと、彼女は得意満面に口の端を上げた。

「正解は、旧劇場の門にあった銅像。劇場が取り壊されたと同時にこの町に移されたってわけ」

「はぁ……まったく知らない」

日本史はまぁまぁ頭に入ってるけど、地元史はさっぱり分からず疎いので、答えを言われてもピンとこなかった。この反応に、頼子は唇をとがらせる。

「鈍いなぁ。あたしが生まれ育った町にあったものが、修くんの地元に巡り巡って流れ着いたって話だよ」

あ、なるほど。言われなければ思いつかなかった。

頼子がこの町よりもさらに南にある海の町、沢木坂という場所で育ったというのは、以前から聞いていた話だ。

一度、彼女の実家にも連れていってもらったことがあるが、いかにも田舎の大家族という空気があり、あたたかく賑やかながらも窮屈な場所だった。慣れたらあそこもいい場所なんだろう。

「さて、息抜きもできたし、もうちょっと頑張ろっかなー」

僕へのクイズは執筆の合間の息抜きらしい。度々こうして僕にちょっかいをかけてくるので気が抜けない。彼女の趣味はマニアックなんだ。昔から歴史が好きだったそうで、今や趣味の範疇を超えている。そう言ってやると、彼女も負けじと「修くんもそうだよ」と言い返すに決まっているので、何も言わないでおこう。

頼子は腕を上げ、大きく背伸びしてからパソコンに向かった。

そろそろ十六時。僕もカレー作りに戻ろう。その前に、今週ぶんの野菜を切っておかないと。

もしかすると、僕の趣味は野菜を切ることかもしれない。結局、休みの日でも仕事が抜けないからひとのことは言えないのである。

平日の夕飯作りでもっとも重要なのは時短で済ませることだ。うちの冷蔵庫は洗濯機やテレビなど他の家電より性能が抜群に良く、冷凍しても保存状態がいい。肉や野菜は休日に全部カットしておき、家に帰ってすぐ食材を使えるようにしている。

特売で買った野菜を大まかに、豚バラ肉は使いやすいようにカットし、ジップ付きのポリ袋に入れて冷蔵完了。

この勢いのままカレーを作り始めよう。本日のカレーは頼子のご希望どおり、にんじんとじゃがいもを使う。

まず米を研いでしばらく水にさらしておく。その間に、にんじんとじゃがいもを乱切り、トマトは粗みじんにし、玉ねぎ半玉をスライスする。このタイミングで炊飯器の早炊きをセット。ライスは柔らかい粒よりもしっかり固めがいい。

野菜を切り終えたら、鍋を火にかけてバターをひとすくい落とす。にんにくを炒め、香りが立ってきたら玉ねぎを入れる。玉ねぎがしんなりし、色が透き通るようになってきたところで、にんじんとじゃがいもを加える。

バターの油分が野菜全般に行き渡り、全体が艶やかになってきたら、二時間煮こんだ牛すじと茹で汁を入れ、中火でしばらく煮こむ。その間に洗い物を済ませておき、いよいよ主役のカレースパイスを調合しよう。

にんにくと生姜をひとかけらすりおろし、半玉残した玉ねぎを細かくみじん切りする。これをフライパンで飴色になるまでひたすら炒める。ふわわーんと湯気の中に薬味特有のツンとした香りが立ち、玉ねぎの香りが強い刺激から弱まってきたら、水約八〇ミリリットルを加える。軽く混ぜて蓋をし、火にかけたまま玉ねぎを蒸らす。

少し待って、水分が玉ねぎ全体に行き渡ってきたら、追加で水を先ほどと同じ分量加える。すると、飴色の玉ねぎがグルグルとフライパンの中で踊り、香りが一層増した。ちょっと焦げ付いたくらいがいい。木べらで丁寧に攪拌する。水分を飛ばすようにゆっくりと丁寧に。

フライパンの底が見えてきたら、粗みじんにしたトマトを入れる。トマトの果肉に水分が含まれているので、固まった玉ねぎがふやけていった。そうして水分を加えて飛ばしての繰り返しで、色が赤みがかった茶色に変わってきた。時々、味を見ながら塩胡椒を少々振る。これだけでもしっかりルウの色だが、味はまだカレーじゃない。

小麦粉大さじ三に対し、カレー粉を大さじ一の配分で、あらかじめ混ぜておいたものをフライパンに投入する。弱火で炒め続けて水分がほぼ飛んだ具の中に粉末を入れると焦げがついてしまうので、手早く木べらでさっくり混ぜる。油断はできない。

しっかりさっくり混ぜ続けていると、弾力のある生地が出来上がった。そこに、隣のコンロで煮こんでいる牛すじと野菜のしみしみスープをお玉三杯ぶん投入。

全体が馴染んでいき、カレー粉の香りが立ってきたら固形コンソメ一個とローレルの粉末を一振り入れる。

ここで味見。

「……うーん？」

玉ねぎをよく炒めているから味はしっかりしているが、まだ物足りない。頼子の舌を唸らせる旨みが足りない。牛すじの出汁もしっかり出ているのに。鶏ガラに勝つには、もっと甘やかでまろみのあるあの旨さが必要だ。

ちなみに、彼女のカレーにはチョコレートが入っていたが、僕のカレーはそれほどまったりとしておらず、キリリと跳ねたトマトの酸味もあるので絶対に合わないと思う。入れたら味が喧嘩するだろう。だったら、別の方向から攻めるしかない。

僕は調味料棚の中からウスターソースと醤油を出した。どちらも味が濃いので、小さじ一杯程度から様子を見る。牛すじの脂身が甘いから、ちょっとしょっぱいくらいがいいだろう。今回はにんじんも入っていることだし。

これでルウは出来上がった。いつも作るものより茶色の濃度が濃く、しっかりと重い。サボらずに玉ねぎをしっかり炒めた賜物だろう。

ぐつぐつと鍋で煮こんでいるスープの中にルウを入れたら、湯気が顔に直撃した。時間と手間をかけて育てたルウが、これまた時間と手間をかけて大事に育てた牛すじ出汁の中へトロトロと溶けていく。これは、かつてないほどに大傑作の予感。

僕はちらりと顔を上げて頼子を見やった。彼女はカレーの香りを感じているはずだが、パソコンの画面に釘付けだ。

頼子よ。今夜、君のカレー観が一気にひっくり返るぞ。僕の反撃に恐れおののくといい。そんな熱い念を送っていると、頼子が何かを感じ取ったようにハッと背筋を伸ばした。

「え、何？　なんか言った？」

「ううん。何も」

僕は不敵に笑い、再びカレーに向き合った。

彼女が地元史をこよなく愛するように、僕も唯一熱中できた料理に関しては、どうしようもなくこだわってしまう。

運命の夕飯が幕を開け、僕と頼子はカレーライスを食卓に並べて向かい合った。

「やっぱり牛肉かぁ」などと不満の声を上げる頼子だが、牛すじだと分かるや否や、彼女は興味津々といった目つきになった。

「ほう、そうきたか……いただきます」

スプーンに作ったミニカレーライスが彼女の口へ吸いこまれていく。ゆっくりと味わったあとに頼子は驚いたように目をしぱしぱさせた。その様子を見た瞬間、僕はテーブルの下で「よっしゃ！」とついつい拳を握る。頼子は首をかしげた。

「あれ？　味もこの前とちょっと違う？」

「そりゃあ、かけた時間が違いますから」

得意げに言ってやり、僕もスプーンにミニカレーライスを作って頬張った。

ガツンと鼻にくるスパイス。その後を追いかける芳醇な玉ねぎとフルーティーなトマトの味わい。にんじんとじゃがいももしっかり火が通っていてホクホクで、牛すじは口の中でほどけていくほど柔らかい。ルウはしっかりとコクがあり、素材の味を邪魔しない。おまけに今回はご飯に沈まず、ほどよいとろみがついている。これはきっと牛すじのおかげだろう。

贅沢だ。贅沢なカレーだ。これが食べられるなら、僕は休日返上してキッチンに立つ。

頼子は「おいしい」とは言わず、黙々と確かめるようにカレーを頬張っていた。そのスピードはいつも少食でだらけ食いする彼女にしては段違いに速かった。脇に置いてあるヨーグルトサワーにも手をつけない。付け合わせのサラダは食べて欲しいところだが、僕もサラダを後回しにしてカレーに集中している。

一皿だけじゃ足りない。頼子よりも早く食べ終わった僕は、無言で二杯目のおかわりをよそった。

「頼子、おかわりする？」

キッチンからダイニングが見えるので、彼女の皿の減り具合もちゃんと見えていた。

「んー。じゃあ、ちょっとだけ」

その答えに僕は彼女に見えないよう、再度「よっしゃ！」と拳を握った。

それから、僕の皿をテーブルに戻し、そのついでに頼子の皿を回収して三分の一程度にカレーライスをよそった。

皿を受け取る頼子の顔つきはあどけない子どものようだ。やっぱりうまいカレーを前にしては、この偏食家も童心にかえるらしい。

「牛肉も悪くないだろ？」

堪らず訊くと、彼女は苦笑した。

「そうね。悔しいけどおいしい」

素っ気ない回答だが、彼女の口から「おいしい」が出たことには変わりない。

「でも、やっぱりチキンカレーもたまには食べたい」

僕が言うより早く頼子が続ける。

「あれはあれで食べごたえがあって、すごくおいしいんだよ。なんで分かってくれないかなー」

「確かに食べごたえはあるけど……」

苦々しく返すと、頼子はカレーをハグッと食べて、静かに言った。

「うちね、お母さんと親戚たちが小さな養鶏場で働いてたの」

「へぇ……あれ？　頼子の家って、漁師じゃなかった？」

垣内家は一家揃って漁師である。そう聞いている。

潮風に煽られる船の帆、角ばった漁港、背後にそびえる青い山。漁港近くでは朝市の出店が並ぶ。古民家と軽トラック。絵に描いたような自然豊かな町が、頼子のふるさと。

「うん。でも、お母さんたちが山のほうで養鶏場をやってたのよ。今はもうやってないんだけどさ。それで昔は毎晩、魚料理と鶏料理が交互に出てたの」

「そうなんだ」

初耳だった。同棲前に挨拶しに行ったときは、頼子のことばかり聞かれたからそういう話は一切できなかった。

「あの、前から気になってたんだけど、頼子って海育ちなのに魚嫌いだよね。これ、ちょっと不思議だったんだよ」

「うん。だって、食べるのめんどくさいし。それに、飽きちゃって。あと、どうにも体質的に生臭いのが受け付けないんだよねぇ。年々、食べられなくなっちゃった」

そういうことだったのか。しかも、海と山の恩恵を頻繁に受けていたと。贅沢な悩みだなと、サラリーマン家庭の僕は羨ましく思った。

「ファストフードはないし、醤油で煮た田舎飯ばっかりでさ。あーだこーだとうるさい大家族だし、嫌いなものがあっても許してもらえないし。ちょっと残したら、爺ちゃんに怒鳴られて、従兄弟たちにはいじられて、親も怒るしでてんやわんや。たまに帰るくらいがちょうどいいところなの」

「それは、ちょっとしんどいとこあるね」

と言っても、僕も彼女の偏食に悩んでいるところなんだけど、余計なことは言うまい。

「でしょ？　その反動で、こっちに出てきて脱田舎って感じで馴染んでたんだけどね。でも、自分がそれまで慣れ親しんで食べてきたものって、そう簡単には忘れられないものだった」

そう言う頼子の顔はなんだか苦いものを噛み潰したようで、しかし愛しげに見えた。

「うちで肉料理といったら大抵、鶏肉でね。お母さんが作る手羽元のバターチキンカレーがすごくおいしいんだよ。あれだけは野菜嫌いなあたしがおかわりして食べてた」

そのエピソードには似たものを感じ、僕は思わず噴き出した。

「あぁ、それ、分かるなぁ。実は、僕も昔はにんじんとかピーマンが嫌いでさ。カレーに入ってても避けてた」

「それが今や栄養第一主義者になるなんて、その当時は修くんのお母さんも思っていなかっただろうねぇ」

頼子も茶化すように言い、クスクスと笑った。

今日はなんだかやけに実家のことを思い出す。僕も少し愚痴っぽくなりながら、懐かしい話をした。

「僕が調理師になるって言い始めたとき、真っ先に母さんが『にんじん食べられない子が何言ってんだ』ってつっけんどんに言って、かなり揉めたよ。あれには骨が折れた」

「それで就職して二年で辞めちゃうんだからねー。その行く末が見えてたんでしょ」

「かもしれない」

カレーを口に入れると、舌が地味に痛んだ。カレーのスパイスに思わずむせそうになる。それを見て頼子は楽しげに笑っていた。

　水を飲んで一息つく。

　自分が慣れ親しんだものか……カレーはとくに、そんな思い出がたっぷり詰めこまれたふるさとの味なのかもしれない。僕はしばし考えた。

「……まぁ、今回の牛すじカレーは頼子のカレーから着想を得た、みたいなところはある」

　とろみのある牛すじにはコラーゲンがたっぷり含まれている。手羽元にもコラーゲンがあり、それをヒントに牛すじを選んだ。やってみると楽しくて、新たな発見もあった。

「何よ、そのふてぶてしい言いかたー」

「だって、僕も馴染みのあるカレーが好きなんだよ。それに、このカレーはおじさんのカレーでもあるんだ」

　僕が牛肉にこだわるのは、確かに馴染みのある具材だからというのもある。でも、しっかり煮詰めるように自分の中の記憶を攪拌していくと、こだわりの根源は牛肉じゃなかったように思う。

「僕の母方の伯父、宏樹おじさんっていうんだけど。中華料理屋の食堂をやってたんだよ」

「へぇ、初耳」

　頼子はすぐに相槌を打った。冷やかし交じりの微笑を浮かべつつ、ヨーグルトサワーをこっくりと飲む。

「中華って言っても、なんでもやっててさ。小さいころ、家族で遊びに行くといつも、僕がオーダーしたものをなんでも作ってくれたんだ。そのうちの一つがこのカレー」

子ども用に甘口なのに痺れるような辛さがあって、でも甘くて、不思議とすいすい食べられる魔法のやみつきカレーだった。何度もレシピを教えてくれとせがんだが、絶対に教えてくれなかった。普段は穏やかで優しいのに、そのときばかりは「企業秘密だ」とかなんとか言って。

だから、おじさんのカレーの味を覚えて僕なりにアレンジした。それが僕のカレー。

「そういう理由があってさ。ちょっと力を入れすぎたよ」

「なるほど。そんな経緯があったのね……」

僕の声のトーンに合わせ、頼子も真剣に頷いた。サワーのグラスを置き、おそるおそる訊いてくる。

「それで、おじさんのお店はどうなったの？」

「え？」

「いや、だって、食堂を〝やってた〟ってことは、今はもうやってないんでしょ？　レシピも教えてくれなかったって。なんか、重たい病気でも……」

「あぁ、まぁ。ちょっと肝臓を悪くしてね。鍋を振るのがつらそうで、僕が高三のときに店をたたんでしまったんだ」

「そう……それは大変だったのね」

　頼子の声が重くなる。そして、気を紛らわすように彼女はぱくんとカレーを食べた。

　なんだか空気が重い。沈黙が流れる。なんだろう。頼子の顔が気まずそうだ。

　そのしんみりとした空気の意味をようやく感知し、僕は慌てて言った。

「いや、待って。おじさん、死んでないからね。今は別の仕事をしてて元気に暮らしてるから」

「あ、そうなの？　なんだ。紛らわしい」

　頼子はあっけらかんと手のひらを返した。勝手に殺さないでくれよ……

　三浦宏樹、御年五十七。今は食品卸売業の事務員として元気に働いてます。定年まで現役宣言してるので安心してください。

＊＊＊

　月曜日。午前からダイコクの東田店長と打ち合わせがあったので、出社するより先にスーパーへ出向いた。

先月からあの白出汁パエリアが弁当の新メニューとしてデビューしているので、その近況確認も兼ねていた。東田店長は「あれね、すごく評判いいんですよぉ」と、上機嫌に語ってくれ、思ったよりも好調のようで安心した。

「ま、客っつーのは新しいもんが好きだからな。そのうち飽きるっしょ」

そんな横槍を入れるのは言わずもがな倉橋さんである。

僕は営業スマイルのまま無言の圧を送った。誰があの大量のアサリを消費したと思ってるんだ。その念が通じたのか、彼女は気まずそうにくるんと背を向けた。

「あ、そうだ。倉橋さん」

逃げようとする肩をつかむと、倉橋さんはぎこちなく笑顔で振り返った。

「ナンデスカ」

「あのさ、家で作るカレーってどんなのか教えてくれない？」

カレーというのはバラエティ豊富だ。家の味が反映されるものだから、どうしても文化が違う。でも、そこから追究して自分好みのカレーを作り上げる。やがて家族のものになり、世代を越えて受け継がれ、新しいレシピが生まれる。

あれからちょっと気になっているので、僕はさっそくリサーチをしてみることにした。

倉橋さんは怪しむように目を細め、それでも思案げに宙を見た。

「そうだなー。うちはちびっこがいるから、基本的に甘口なわけさ。お子ちゃまに寄せて、すりりんごとハチミツ入れてる。にんじんとじゃがいもと、玉ねぎとピーマンとナスと、あとはオクラが入ってる」

「うわぁ……」

野菜てんこ盛りのカレー皿が思い浮かぶ。夏野菜カレーなんかではオクラやナスといった野菜も使われるし、うまそうではある。でも、未就学の子どもたちにとってはどうなんだろう。僕がその年齢のころだったら泣いてただろうな。

「だって、カレーだったら多少は味がごまかせるじゃん。やっぱり、子どもは野菜を食わんし、ちょっと刻んでやりゃ、そっちのほうが手っ取り早いんだよな」

「確かに」

ちょっと前の僕もそんな考えだったなと思い返す。

さすが、やんちゃな倉橋家。カレーの中身も強引で豪快だった。

カレーリサーチは昼休みも続く。しかし、うちの部署は職種柄なのかメンバーが個性的だ。おまけに凝り性の集まりだから、一般的ではない気がする。

「カレーかぁ……私は、基本的に専門店で食べたい派なのよ。玉ねぎとスパイスでしっかり炒(いた)めたルウとチーズナン。最高ね。これさえあれば間違いない」

安原さんは饒舌(じょうぜつ)に語った。

「じゃあ、家では作らないんですか？」

「そうね。思えば作ったことないかも。ていうか、食事は外で済ませたいから。仕事以外じゃ作らないようにしてるわ」

メニュー開発のとき以外はキッチンに立たないらしい。なんだかお高くとまっている。

すると、湯崎さんがぼんやりとした声で、しかし鋭くつっこんだ。

「うわ、金かかりそう。そんなだから彼氏ができないんじゃないんですか」

「だまらっしゃい。あんたこそ、ズケズケものを言うから彼女ができないのよ」

湯崎さんは眠たそうな半眼を弱々しく伏せた。こういうネタに弱いくせに、どうしてそんな挑発的なことを言うんだろう。

哀れみの目を向けておくと、安原さんが思い出したように続けた。

「あ、でもね。私の実家はポークカレーだったのよ。豚バラと刻み玉ねぎ。にんじんとじゃがいもはたまに入ってたかも。あとはコーンが入ってた。あの粒感がいいのよ。あー、もうずいぶん食べてないなぁ」

なんだ。しっかりおうちカレーを自慢してくれるじゃないか。安心するやら拍子抜けするやら。

　すると、横から湯崎さんがゆらりと起き上がった。

「うちはシングルで、子どものころから俺が作ってたんで、ほぼ我流なんですよ」

　意外と会話に参加してくれる。

「へぇ。湯崎さんって、子どものころからしっかりしてたんですね」

「下にきょうだいがいるし、そうしないといけない環境だったので。ルウは市販で、にんじんとじゃがいもとベーコンですね」

　淡々と言う彼の口から、これまた変わり種が出てきた。

「ベーコン？」

　安原さんも馴染みがないようで、大げさに声を上げて訊く。

「そう、ベーコン。ミキサーで野菜と一緒に細かくしてキーマカレーっぽく。簡単で時短、節約にもなる」

「いがーい」

　すかさず安原さんが言う。湯崎さんは不思議そうに首をかしげた。

「だって、普段から仕事でも味にこだわりまくるでしょ。くどいくらいに工程も丁寧だし、打ち上げの店も事前にチェックしたりしてさ」

そうなんだ……普段の食生活からは想像もつかない証言に驚きを隠せない。しかし、彼はこの評価をバッサリと切って捨てた。

「いや、時短で済むならそっちのほうがいいでしょ。それに、ベーコンは肉に味がついてるから水多めで作れるし、絶対間違えないんですよ」

なるほど。確かに、そこは生活環境にも影響するんだろうな。ふたりの意外な生活背景に、僕はひとり感心していた。

「そういや、真殿さん。今日はいいんですか？」

湯崎さんがちらりと僕の机を見ながら言う。

「何が？」

「何って、監視」

すらっとスマートフォンを指される。現在、十二時半。頼子のランチタイムだ。

安原さんが眉をひそめたが、湯崎さんは面白がるように笑う。

「いや、監視じゃないんで」

そう言いながら、僕は今日もスマートフォンのカメラアプリを起動させた。

四品目　悔し涙と絶望スパゲティ

「あ、見っけた」

十五時を過ぎたころ、隣のデスクに座る湯崎さんがポロッと声をこぼした。その声音はなんだかこちらに話しかけているようでも、独り言のようでもある。

こういうときはどんな反応をしたらいいのか。スルーするべきか。地味に悩む……うーん。いいや、スルーしよう。

「おー、すげー。さすが垣内さんだ」

彼の口から聞き捨てならない名前が出てきた。さすがにスルーできず、僕は作業の手を止めた。

「どうかしたんですか」

「あぁ、真殿さん。身内のこういうものはあんまり見ないほうがいいと思いますよ」

そう言いつつ、僕にも見えるようにパソコンには堂々とＳＮＳのページが開かれていた。と言っても個人的なアカウントではなくうちの会社のアカウントであり、そもそも湯崎さんは食品開発部のＳＮＳアカウントを動かす「中の人」でもある。そのアカウントから、垣内頼子の書きこみを検索していたと思しき形跡が。

なぜ。僕も見たことがないのに。いや、正直言うと彼女のＳＮＳはあんまり見たくない。なんだか踏みこんではいけないような。昼飯チェックよりもハードルが高い。

動揺していると、湯崎さんは表情を一切変えず、のんびりと書きこみの内容を指差した。

【喫茶ミミのコーヒー、今だけ三十パーセントオフ！　コーヒーを頼むとカップを選べちゃいます】という文言と、カップの写真が添付されている。重厚な木製のテーブルの上には白地に鮮やかな赤い水玉のカップが映え、その中にはたっぷりと濃いコーヒー。ほんのり白い湯気が立っている。投稿日は今日の午前中。この時点で「いいね」が百を超えていた。

「これ、いい感じでバズりますよ」

湯崎さんが含むような笑みを見せてくる。不気味だ。

彼は普段、無表情で僕をからかってくるので、今年で三年目の付き合いになるのにいまだに感情が読めない。こういう表情をされるとなおさらだ。

「なんで湯崎さんが頼子のアカウントを？」

　真面目に訊いてみる。すると、湯崎さんも真面目に返してくれた。

「元『リドル』編集の拡散力を確認したかったんですよね。だからひとつツイートをお願いしました。うちの広報も頑張ってるけど、やっぱり違う。もともとのフォロワー数が桁違いっていうのもあるんですけど」

　湯崎さんは悪びれることなく、むしろ誇るように言った。

　頼子は地元の小さな出版社「株式会社まちの」で月刊フリーペーパー「リドル」の編集業務をしていた。見開き二ページの連載を担当していて、その内容は「地元企業を応援」というコンセプトのインタビュー記事だった。

　会社を辞めるまでは近隣の中小企業へのインタビューをしていたので、この麹町ビジネス街一帯ではそこそこ顔が広い。ちなみに、うちの会社も何度か彼女に取り上げてもらったことがある。

　しかし、うちの会社の広報部だけでなく企画営業部にもSNS担当の社員がいる。彼らに頼めばいいのに。そう訝しんでいると湯崎さんは淡々と言った。

「ちょっとテコ入れしようと思って」

テコ入れ……言ってる意味が分からない。

「そう言えば『喫茶ミミ』って、どこかで聞いたような……」

頼子の書きこみにある「喫茶ミミ」。覚えがある。でも、なんだっけ？

すると、思い出すより早く湯崎さんが言った。

「俺の担当ですが」

「あっ……」

自分の担当外のお客さんについては疎いもので、僕は苦笑でごまかした。しかし、冷ややかに呆れた目で見られると笑いも引っこんでしまう。

「自分の担当だけじゃなくて、会社の顧客情報くらい簡単に把握しといてくださいよ」

「すみません」

いらぬ邪推をしている暇はない。そういうのは、仕事をきちんとこなしてからだ。

＊＊＊

入社三年目。もう新人とは言っていられないが、小さな凡ミスや先輩たちに怒られることは度々ある。頼子みたいに自分の得意分野で華を咲かすことが叶わなかったし、すごすごと諦めた身だから何も言えないのだが、やっぱりどこかでまだ夢を諦めきれない往生際の悪さがこびりついている。

「お疲れさまです」

定刻の十八時を回ると、戸高部長が席を立った。そのあとすぐに湯崎さんもかばんを持って立ち上がる。

「お先でーす」

その早さたるや。部長を追い越していく勢いだ。あのひとは定時に上がって、行きつけの喫茶店に寄ってコーヒーを飲むのが日課らしく、ちょっとでも時間が過ぎると不機嫌になる。

僕も帰ろうとパソコンの中のフォルダを整理し、日報を記入していた。そのとき、帰り支度（じたく）をしていた安原さんが声をかけてきた。

「ねぇ、真殿」

「はい」

「企画部からデパートの商品タイアップ企画が上がってて、近々、レシピの発注がくるのね。それのアシスタントをして欲しいんだけど」

「え？」

「明日、朝礼で部長から正式に話があると思うんだけどねー。先に告知しとくわ」

安原さんは軽く言った。そして、早々と支度を済ませ、「じゃ、お疲れ」と片手を挙げて部署を出ていく。

うーん。説明がアバウトなんですが。

あの言いかただと、タイアップ企画の担当をするのは安原さんなんだろう。そのアシスタントを頼まれた。つまり、安原さんと組んで仕事をする。

今までの僕の仕事はマニュアルに沿ったもので、イベント系の大掛かりな仕事は一度も経験がない。なんで急にそんなものを任されるんだろう。

結局、ひとりだけ取り残されてしまったので、部署の電気を全部落とし、窓の施錠確認をする羽目になる。クリアな扉からカーペットの敷かれた廊下に出て、シリンダー式の鍵を締めると、企画営業部の社員たちとすれ違った。

「あっ、お疲れさまでーす！」

小さいお団子頭がトレードマークの元気な女性社員は汐田さん。その横にいるのはメガネをかけた神経質そうな男性社員、佐藤くん。企画営業部若手の「でこぼこコンビ」という噂。ちなみに、佐藤くんは僕と同期入社でもある。

「お疲れさまです」

佐藤くんは無愛想に言うと、汐田さんの前をスタスタと歩いていった。一方、汐田さんは僕と話したいのか立ち止まったまま。

「真殿さん、明日からよろしくお願いしますね！」

夕方十八時とは思えないほど元気であふれんばかりの笑顔を向ける汐田さんに、僕はたじろぎながら「よろしく」と愛想笑い。すると、廊下の向こうから「汐田ー！」と佐藤くんの厳しい怒号が聞こえてきた。

「うわ、やっば。すいません、真殿さん。うちの先輩、気が短くて」

汐田さんは「えへ」と愉快そうに笑った。

「ちょっと待ってくださいよ、佐藤せんぱーい！」

バタバタと低いヒールを鳴らして走っていく。

あのふたりとも一緒に仕事をする機会が増えてきたが、いまだに距離感をつかめるほどの出来事はない。まぁ、他部署のことはよく分からないし、たまに打ち合わせに同行するくらいで、あとはメールのやり取りだけ。汐田さんは元気が良すぎてついていけないし、佐藤くんは怒りっぽくてからみづらい。うーん、不安が募る……。

三階から一階へ下りていき、併設されたカフェ「トリコロール」の横を通り過ぎる。自動ドアを抜けると眩しい太陽がまだ残っており、思わず眉をひそめて手のひらをかざした。

六月も半ば。梅雨真っただ中の時期だが、今日は久しぶりの晴天だった。外に出るだけで汗が噴き出すほど蒸し暑く、今年の夏は猛暑の予感がしている。こういうときは温度調節が完璧な会社にこもって仕事をしたいところだが、明日も明後日も外の仕事が入っている。嫌だなぁと思いながら、頼子は今ごろ何をしているんだろうと考える。

ここ最近、彼女は外にパソコンを持ち出して仕事をしている。それも、決まって昼食を終えてから出かけていく。

今日の頼子はそうめんを食べていた。ここ最近ずっと同じメニューだ。夕飯はしっかり食べているんだけど、ちょっと心配になってくる。そんなだから、夕飯は栄養たっぷりなメニューにしたい。

今から帰るよ、と連絡を入れようとスマートフォンを取り出した。

「あれ？」

珍しい。画面には頼子からのメッセージがあった。

【今日はお外で食べよう！】

彼女はその場の思いつきでメッセージをよこすことがしばしばあるが、外食に誘われたことは一度もなかった。付き合う前は、彼女からの強引なお誘いはあったけど。

【何が食べたいの？】

訊いてみる。すると、待ってましたとばかりにすぐさま返事がきた。

【イタリアン】

短い文言に、僕の指が止まった。

ビルの壁にもたれかかりながら足元をじっと見る。そうしていたって時間が過ぎるだけで、とくに意味はない。

僕はちょっと考えてから文字を打ちこんだ。

【分かった。店はもう決めてるの？】

再度訊くと、彼女はスタンプを送ってきた。ウサギが親指を突き上げて「もちろんです！」と言う。

それからすぐに店のＵＲＬが送られてきた。地図を確認し、なんとなく胸をなで下ろして返事を送る。

【すぐ行く】

＊　＊　＊

店の場所は麹野町最寄りの甘崎駅から歩いて十分ほどの路地裏にあった。陽（ひ）が傾き始めて、ビルの側面にオレンジが反射している。そんな光が当たらない湿（しめ）っぽい場所だが趣（おもむき）のある小料理街であり、仕事帰りのサラリーマンたちがさっそく店に入って酒を飲んでいる。蒸（む）し暑いこんな日には、冷たいビールをきゅっと喉に流しこむと気持ちいいだろうな。

なんでも揃う格安居酒屋から、はんなりとした小さな看板の創作レストランバー、一見なんの店か分からない小洒落（こじゃれ）たラーメン屋、しっかりとした筆文字の看板を掲（かか）げた串焼き居酒屋、はたまたアジアンテイストのエスニック酒場などなど。

その奥へ入っていくと、シャッターが閉まった喫茶店とタバコ屋の間に白い外壁のイタリアンバールがあった。店名は手書き風のロゴで「vangelo（ヴァンジェーロ）」と書かれている。店先に小さなカウンターと椅子が二脚。入口を入ると手狭（てぜま）な空間に酒樽やらワインやらが並んでおり、キッチンの前のショーケースには種類豊富なハムやチーズ、肉の塊が入っていた。照明は薄暗く、演出感たっぷりだ。

「いらっしゃいませ！」

黒いTシャツを着た、若く垢抜けない女性店員が元気よく挨拶（あいさつ）してくる。

「ご予約されてますか？」

「えーっと、連れが先に入ってるはずなんですけど……」

　中を見やると、奥のテーブルから頼子が手を振っていた。角の四人がけの席。頼子は堂々とソファ側にいる。僕の視線をたどり、女性店員が心得たように笑った。

「あ、お連れさまですねー」

　そう言って手のひらで案内してくれる。丁寧にお辞儀し、「ご注文がお決まりになりましたら、お呼びください」と入口のほうへと戻っていく。

　頼子は頬杖（ほおづえ）をついてニコニコと待っていた。自宅にいる時のような緩（ゆる）い服装ではなく、マスタード色の柔らかいシャツと深緑のロングスカート、大ぶりな貝殻のイヤリングをアクセントにした、さらっと明るいおしゃれな格好だった。対して、僕はオフィス用の半袖（はんそで）シャツとスラックスという冴（さ）えない組み合わせ。

「お疲れさまー。ドリンク頼んじゃおう」

　頼子は無邪気に笑い、僕が座る前にメニューを広げて渡してきた。かばんを椅子に置いて席につき、メニューを受け取る。

　看板と同じく手書き風のメニュー表は、板のような表紙を紐でくくっている凝（こ）ったもので、紙はラミネートされていないガサガサとした和紙のような質感。そこに書かれているのはイタリア語。その横に日本語、金額と並んでいる。小さな店だが、ワインの品揃えは豊富で、上から一本三千円相当のものから一杯百円のグラスワインまでざっと並んでいる。また、ワイン以外のアルコールやドリンクも多い。さすがは酒場だ。

でも、まずは――

「ビールにしようかな」

「じゃあ、あたしもビール」

あらかじめ決めてあったかのように、頼子は素早く言った。そして「すみませーん」と手を挙げて店員を呼んだ。注文を聞いてもらい、ビールが準備されるまでのわずかな時間に、僕は店内をじっくり見回した。

「こんなとこ、よく知ってたね。来るまでにちょっと探したよ」

「いやぁ、実はぐうぜん見つけたんだよー。今日『まちの』に行ったからさ。ついでに麹野を散策してたら懐かしくて。全然変わってないよね」

「引っ越してまだ半年も経ってないよ」

彼女はもともと、この麹野町に住んでいた。ビジネス街で都心部でもある一等地だが、駅から離れれば家賃の相場が比較的安いアパートがビル群の裏に隠れている。ここも駅から離れているし、知るひとぞ知る店といったところか。

「お待たせしましたー。ビールお持ちしました」

店員が両手にビールのグラスを持って現れる。スリムなグラスに黄金ときめ細やかな白の対比がきれいだ。店内は涼しく快適なのに、グラスにはもう水滴が出ている。

「あ、注文いいですか」

店員をつかまえたまま、頼子は楽しげに料理を注文した。燻製ハムとチーズのオードブル、スパイシーチキンバー、エビとマッシュルームのアヒージョ（バゲット付）といったレギュラーメニュー。

「とりあえず、以上で」

「かしこまりました」

店員がキッチンへオーダーし、それを見送ってから僕らはグラスを持ち上げた。

「乾杯」

カチンとグラスを鳴らし、ふたりで同時にビールを飲む。渇いた喉にごくごく流しこんだ。ふわふわと滑らかな泡のあとに喉越し爽やかな麦芽の味。炭酸がまた無性にうまい。

グラスを置いて一息つく。頼子はぎゅっと目をつぶって、堪らないように唸った。

「あー、生き返った！　この一杯のためなら暑い中、汗だくで仕事してもいいよね。もうなんか、生きてるって感じ」

「大げさだなぁ」

でも、その気持ちはよく分かる。

唇についた泡を舐めながら苦笑すると、彼女はしたり顔で笑った。

「ちょっとはリラックスできたでしょ」

声はわずかに小さく低い。見透かすような言いかたをされ、だんだん苦笑が下へ落ちていく。

「別に全然、これくらい平気だってば」

「またまた、強がって。実を言うと、断られるかなぁと思ってたし」

なんでもお見通しって感じだな。

料理を待っている時間というのは暇を持て余す。その間に僕はすっかり口が重くなった。

「この前、おじさんのお話、してくれたよね」

ふいに頼子が言う。

「修くんが調理師を目指した理由とか、わだかまりがなんなのか、分かった気がする」

「わだかまり……」

キッチンでオードブルを盛り付けるスタッフの動きを眺めながら、僕はビールを一口飲んだ。さっきよりも苦く感じる。

当時を思い出すと、いまだに気が滅入る。傷は塞がれたはずなのに、かさぶたが地味に痒くてしょうがないといった具合に。

憧れていた場所に飛びこんでみたら、そこは真っ暗な現実だった。頭では理解していても、希望は現実を認めない。自分の好きなものを否定したくないから。

「調理師になりたい」と両親に打ち明けたのは高校三年生の秋口。宏樹おじさんが倒れたから店を継ごうと思った。そのとき、おじさんの息子で僕の従兄弟である寿宏とも話をした。でも、大人たちは僕らの卒業を待ってはくれない。生活のこともあったから、店をたたむ判断は当然と言えば当然なんだけど。

そんな話をぽつぽつと漏らしていくうちに、テーブルの上には色とりどりの料理が並べられていた。

「従兄弟さんも店を残したかったんだ？」

スパイシーチキンバーを食べながら頼子が訊く。僕は燻製ハムに手を伸ばして頷いた。ハムの塩気が強く、味がしっかりと濃い。

「そりゃ、寿宏は実家だしね。僕以上になんとかしたかっただろうさ。でも、時間は待ってくれなかった」

店をたたんで家を改装し、僕が専門学校を卒業するころにはみんな新しい生活に馴染んでいく。だから、僕も気持ちを切り替えることにし、就職先を決めた。

好きなことを仕事にして、夢を叶えられたら――思考は変わらず青くさく、まっすぐだった。

そうして入ったイタリアンレストラン「Viaggiatore（ヴィアッジアトーレ）」は、自家製窯焼きピッツァや生パスタを売りにしたセミフォーマルな店。

しかし、就職が決まった直後、宏樹おじさんと母さんからは厳しいことを言われた。

「飲食業は厳しい世界だ」と。でも、飲食に限らずどの業界もそうだろうと、そのときの僕は楽観的だった。

すでにビールは空であり、頼子は白のグラスワインを頼んでいた。一口飲んでおいしそうに笑う。僕もならってワインを注文し、こくっと飲んだ。爽やかで甘酸っぱい味わい。舌に残る酸味がピリピリする。

「そもそも、おじさんのお店は中華屋でしょ？　どうしてイタリアンに入ったの？」

「うーん……おじさんが店をたたんだ時点で中華屋になる気はなくて。手当たり次第当たって、引っかかったところに就職って感じだよ」

それに、フレンチやイタリアンは花形だ。腕を磨くには最適だろう。

しかし、二年経っても厨房には立たせてもらえなかった。僕の仕事は基本的に厨房の外が多かった。料理ができたらホール担当に渡し、ホールから下げられた皿を片付ける。手が足りないときは洗い場に駆り出され、あとはひたすら仕込みや食材の発注。

僕の持ち場からはホールも見えず、閉塞的な空間で作業を繰り返す。常連客の味の好みによって作業工程が変わるなど振り回されることは日常茶飯事で、いい話題は届かない。

「そうして修は希望の芽を摘まれて腐ってしまうのだった」

頼子は惜しむように締めくくった。やけに太い声で言うものだから、思わず僕は噴き出す。

「でもまぁ、辞めてしばらくして、やっと気がついたよ。味が落ちれば店の信用も落ちるのに、当時の僕はそういうことを分かってなかったんだ」

客の胃袋を満たすだけでは商売にならない。味はもちろんのこと、売りとなるメニューの宣伝、トレンドを押さえた新作の考案、店の雰囲気からサービス提供までありとあらゆるもてなしがあって成り立つ。その売りかた次第で店の明暗が分かれるので、決して安定的ではない。

とにかく最高の一品を提供するまでに十分な手間が欠かせない。ド新人がいきなり厨房のメインに立とうものならすぐに見破られてしまい、あっという間に信用を失うだろう。

「でも、下積みは嫌だし、雑用ばかりでどうしても我慢できなかったんだ」

「だって、二十歳かそこらでしょ。いきり立つ時代じゃない？」

「いきり立ってたのかなぁー？　確かに、不満は多かったけどさ」

「仕事で満足することなんて新人じゃなくても滅多にないでしょ。ていうか、何もイタリアン全般を避けることないのに」

「いや、だって、そりゃそうだろ。わがまま言って進路まで変えたのに。なんなら宏樹おじさんは料理関係に進むこと自体は反対してなかったから母さんの説得を頼んだんだよ。だから……なかなか顔向けできないよ」

まぁ、これも建前な気がするけど。

気まずく口を結ぶと、頼子が僕の頭をポンポンと軽く叩いた。

「かわいいー、んふふ」

「かわいくない」

「お酒飲んで顔に出ちゃうのもかわいい」

「うるさいな」

まるで弟扱いだな。悔しく思いつつ、これに甘んじてしまう。頼子が楽しそうに僕をからかって笑い飛ばしてくれるから気楽に話せてしまうんだ。

飲んでばかりじゃ酔いが回りやすくなるから、僕はようやくアヒージョに手を伸ばした。オリーブオイルにパンを浸して食べる。熱のピークが過ぎているので、冷めていて食べやすい。

頼子がワイングラスを回す。くるっと一周する白ワインはあと一口ほどしか残っていない。

「まぁ、でも、楽しくないよね。好きなことをさせてくれないんだもん」

「〝好き〟で仕事ができたら、さぞかし楽しいだろうね」

「そうふてくされないの。結局ね、社会人なんて三年目ぐらいまで上司の采配次第よ。素直なものだからいいように使われてね。中には自分の力でのし上がる大物タイプもいるけど、出る杭は打たれるし。それはどこも同じ」

頼子も思い当たる節があるらしく、クスリと自嘲気味に笑う。僕もつられて笑った。

なんだか久しぶりだな。付き合う前はよくこんな話をしてたっけ。そうしていつも頼子になだめられてしまう。

「確かに。そういうのも、今の会社に入らないと見えなかったことだよ」

「ほっほー？　誰のおかげかなぁ？」

なんだか含むように訊く頼子の声が楽しそう。上目遣いに見てくる彼女に対し、僕は目を細めて苦々しく答えた。

「……頼子さまのおかげです」

「うふっ、苦しゅうない」

なんだよそれ。

満足そうに笑う頼子をじっと見る。確かに彼女の力がなければ、僕は今の会社も辞めていただろう。この調子だと、一生頭が上がらないな。

彼女はエビを一口で食べた。そして、唇についた油を舌でペロッとすくい取る。

「修くん、ここにくるまでソワソワしてたでしょ」

「うん。まぁ」

頼子は付き合う前から僕のこの話を知っている。だから、今まで「イタリアンが食べたい」なんて言ってはこなかった。遠慮していたのは分かる。

「どうして急に外食しようなんて言い出したの？」

改めて訊く。すると、彼女はワインを飲み干してあっさり言った。

「どうしてって。イタリアンが食べたかったからに決まってるでしょ。修くんったら、絶対にパスタ作ってくれないんだもん。だから、我慢の限界」

理由は至極単純なものだった。呆気にとられる僕を差し置いて、彼女はなおも続ける。

「今度、友達と一緒に行こうかなーって思ったんだけどさ」

「それで、下見をするために僕を誘ったと」

「そういうこと」

なんだ。僕のトラウマを癒すためじゃなかったのか。残念な気持ちになってくる。

そういえば、今日は頼子と湯崎さんがSNS上で共同企画らしきものをしていたなぁと思い出し、それも相まってモヤモヤとする。ダメだな、こういうの。分かっちゃいるが感情は素直にとがってしまう。

白ワインが底を尽きそうだ。明日も仕事だが、まだ余裕はある。おかわりを頼もう。

「頼子、おかわりは？」

彼女のグラスも空っぽだ。イヤリングを揺らめかせ、頼子は前かがみになった。そして、素っ気なく一言。

「赤」

「ん。じゃあ、僕もそうしようかな……すみません」

店員を呼ぶ。頼子はまだ前のめりになったままで、なんだか距離が近い。客が増えてきた店内の賑やかな熱と、頼子の圧を感じながら赤のグラスワインを二つ頼む。

「あ、あと牛フィレステーキのバルサミコソース仕立てと、タラコとキャベツのアーリオ・オーリオも追加で」

割りこむ頼子の注文は淀みない。オーダーを聞いた店員が伝票を持ってキッチンへ向かい、それを見送る。

グラスワインはすぐに運ばれてきた。多めのワインは透き通った赤。

頼子が黙ったままじっとりとこっちを見るので、間が持たずに僕はワインを口に含んだ。濃い酸味はこの赤ワイン特有の味だと思う。そのタイミングを見計らったように、彼女はそっと素早く言った。

「冗談だよ。本当は修くんとデートしたかったの」

「んっ？」

＊　＊　＊

思わぬ言葉に驚き、ワインが気管に入った。

食品開発部にはいろんなひとがいる。僕は元調理師で、安原さんは元給食センターの管理栄養士、湯崎さんはフードビジネスの専門学校からの新卒採用。戸高部長も僕と同じ調理師で、フランスのレストランで修行したシェフだったとか。そういうひとたちが集まっている。

翌日、朝からタイアップ企画の概要を説明され、僕と安原さんは、ビル内の会議室で企画メンバーとの顔合わせに出ていた。内容はおもに加工調味料の宣伝販売。ここで、ひと手間加えたアレンジレシピを考案しなくてはいけない。

チームメンバーは企画営業部全員と広報部、食品開発部からは安原さん。僕は安原さんのアシスタント。これから定期的な企画会議に参加し、イベント当日まで準備に明け暮れるだろう。忙しくなりそうだ。

「というわけで、私と真殿はこれを毎日消費する」

安原さんは段ボールにいっぱい入った加工調味料『決め味クックソース』を引っ張り出した。食品開発部の会議用テーブルにドサッと置いたそれは、とてもふたりで消費できる量とは思えない。

「毎日ですか。ていうか、アシスタントというのはこれの消費要員……？」

「真殿くん、何か文句ありますか？」

珍しく柔らかな口調で言う安原さん。僕は素早く「いえ」と返した。

「これ、意外と種類豊富なのよ。和風、洋風、中華風、カレーもあるのね。ベースがたくさんあるから作りがいはあると思う」

言葉の割に、安原さんの声はどんよりと重い。「厄介な案件だな」と思っているんだろう。

「はい、これを半分持って帰ってね。事務に言ったら宅配で送ってくれるから」

そうして、段ボールから出された調味料が山と積まれた。

『決め味クックソース』とは、麹野町一の百貨店地下にあるレストラン街発祥の加工調味料だ。市民のほとんどが知るスーパーやデパート、コンビニにまでその商品が置かれている。種類ごとに色が分けられており、例えば和風甘味噌ダレは青、洋風ホワイトソースは緑、中華風香味油(こうみあぶら)は赤とバリエーション豊かだ。その数、二十四種。

普段なら常備して困ることはないし、忙しい時期の夕飯に「これをかけるだけで味付けバッチリ」な役立つ万能調味料なのだが……かばんに入りきらない量を渡されては気が遠くなるほかない。パッケージに描かれたコック姿の男の子（愛称はグーちゃん）の顔が憎たらしく思える。

持ち帰れる分だけをかばんに詰(つ)めた僕は、家に帰ってダイニングテーブルにクックソースを並べる。そんな僕を見て、頼子は目を丸くした。

「何これ?」

「見てのとおり」

和風シリーズの甘味噌ダレ、甘辛醤油ダレ、バター醤油、うま塩ダレ、牛すきうま味。洋風シリーズのホワイトソース、デミグラスソース、トマトソース、バジルオイル、コーンクリーム、ガーリックバター。スパイシーシリーズはカレー、グリーンカレー、トムヤムクン、ハーブオイル、キムチだれ。中華シリーズは甜麺醤(テンメンジャン)、豆板醤(トウバンジャン)、豆鼓醤(トウチジャン)、魚露(ユイルー)、白湯(パイタン)、酸辣湯(サンラータン)、牡蠣油(かきあぶら)、香味油(こうみあぶら)。

この調味料から派生したレシピも数多くあり、大手レシピサイトもこのシリーズを使ったアレンジ料理を公開している。

「これ、明日くらいにもう一箱ずつ入った荷物が届くから、受け取ってくれる?」

うんざりしながら言うと、頼子も眉をひそめて「うわぁ」と声を漏(も)らした。

「前も冷凍食品を大量に常備してたけど、あれも企画の商品なのよね……大変な時期がやってきましたな」

「まったくだよ。消費するのは開発部の仕事だから……というわけで、今日から毎日これを使って料理します。頼子も勝手に使っていいから。ていうか、使って」

「了解……」

レシピ考案という大義はこの際、頭にはない。どうにか消費しないと、一年経ってもこの大量の万能調味料と顔を突き合わせなくてはいけなくなる。

僕は参加していなかったが、前年のタイアップ企画では冷凍食品の新作考案で、部の全員が取引先の商品を持って帰る羽目になった。ようやく使い切ったのが去年の暮れだったので、あまりの長期戦に何度も心が折れかけた。今回はそうならないように短期集中で消費したい。

「そういえばさー」

テーブルに置いたクックソースのパッケージを手に取りながら頼子が言う。

「このシリーズって、こんなに種類あるの知らなかったんだけど、どこにも〝イタリア風〟っていうのがないね」

昨日のこともあり、彼女の言葉はなんだか意図的に思える。

「よかったね、修くん」

何が「よかった」のかはあえて触れない。

＊＊＊

　いや、洋風シリーズならイタリアンもできるぞ、と気がついたのは翌日の朝だった。

　今朝はご飯と味噌汁、目玉焼き、そして温野菜サラダにうま塩ダレを軽くかけて食べた。頼子の分はない。彼女は三月末までは一緒に起きて「行ってらっしゃい」と見送ってくれたのだが、今では僕が出かける前に寝室に向かって「行ってきます」と言わなければ出てこない。ドアを細く開けて、か細い声で「行ってらっしゃい」と言われる。どうせこれから二度寝するので、朝食は作り置きしない。

　始業が九時で、今日は企画の打ち合わせと、仕出し屋「みさき」で定例会議、会社に戻って仕様書のまとめ、企画営業部からの発注をさばいて、夕方はダイコクに行ってレシピの提出をしてそのまま直帰。そんな一日のスケジュールを考えながらこなしていった。

　午前はとくに問題なく終わり、昼休みがやってくる。仕出し屋から帰ってきたらちょうど昼休みの時間だった。

　弁当を出し、例のごとくカメラのアプリを起動していると、背後から「真殿」と声がかかった。

　見ると、そこには安原さんがランチトートを持って立っている。

「ちょっとこっち来て」

　部署の隅にあるミーティング用円卓にわざわざ座らされる。食事はいつも外食派な安原さんが珍しくお弁当箱を抱えているので、すぐに察した。

「それって」

「試作よ。真殿も作ってきたんでしょ？　ランチミーティングしましょ」

そう言って目の前で弁当箱を開ける安原さん。しかし、僕には昼飯チェックがある。

彼女が目を伏せたと同時に、スマートフォンのカメラがつながった。仕方なく膝の上に置いておく。案の定、頼子は仕事中だった。

「まったく、企画部も横暴よねー。毎回毎回、大量に試作品作らせて」

ブツブツぼやく安原さんの弁当は、中身がとても凝（こ）っていた。楕円形のステンレス箱には、梅と雑魚（じゃこ）の混ぜご飯、香味油（こうみあぶら）を使ったと思（おぼ）しき白身魚の香味甘酢（あまず）あんかけ、ミニトマトとチーズを楊枝（ようじ）で刺し、バジルオイルをかけてカプレーゼ風にしたもの、ホワイトソースで作ったひと巻きぶんのカルボナーラまで多種多様。スープジャーにはミネストローネまで入っている。

「気合いが入ってますね」

「真殿は手抜きね」

安原さんは鼻で笑いながら、僕の弁当を覗いた。

甘辛醬油ダレのブリの照り焼き、シーザードレッシングの代わりにホワイトソースで作った温野菜サラダ、魚露の八宝菜。工夫はないが、断じて手抜きではない。

「ま、いいわ。試作品は逐一、まとめておいてね。どんな些細なことでもいいから。分かった?」

「分かりました」

それを合図に、安原さんは厳しいオンモードからオフモードに切り替わり、笑顔で手を合わせた。

「いただきまーす」

僕も箸を取る。同時に、膝に置いたスマートフォンをちらっと覗いた。

頼子もキッチンに立って昼食の準備に取り掛かっている。最近、彼女は仕事が緩やかになったのか自主的に昼飯を作って食べている。

今日の昼飯は、ちゃんとクックソースを使っているようだった。彼女が手にしたのは紫色のパッケージ「牛すきうま味」。小鍋に糸こんにゃくと冷凍の豚バラ肉を入れ、炒めている。そして、今日は踊る暇なく手早く味付けを始めた。「牛すきうま味」の袋を開け、炒めた具材の上にしぼり入れる。パッケージの裏に書いてあるレシピを見つめ、計量カップに水を注いで量り、小鍋にざっと流し入れた。

これだけで何を作っているかは容易に想像がつく。牛丼風豚バラ丼。

頼子の突飛（とっぴ）な想像力で何か意外なものを作るかと思いきや、オーソドックスなものが選ばれた。そこまで見届け、僕はスマートフォンを閉じた。

「真殿、まだそんなことしてるの？」

安原さんの声が刺々（とげとげ）しい。顔を上げると、彼女は鋭く整えた眉毛をつり上げてカプレーゼを口に放りこんだ。もぐもぐと食べながら僕を見る目は不審そうで、苦笑を浮かべるしかない。

「やめなさいって言ったじゃない。それ、癖になったら厄介なことになるわ」

「いやぁ、でも、頼まれたら断れないですし。それに、昼間に彼女が何をしているのか見るのって、案外楽しいですよ。冷蔵庫の中身も把握できますし」

「だから、それが危ないって言ってんの！」

楊枝（ようじ）をビシッと鼻先に突きつけられ、僕は大きくのけぞった。

「そりゃ、今は付き合いたてだし、いいかもしれないけどね。でも、彼女と言えど〝他人〟なんだから、相手のプライベートを覗き見するのはダメ。親しいからこそ、一番やっちゃダメなの。長続きしないわよ」

強い言いかたに、すぐには反論できない。

でも、僕らのスタイルはこれが一番合っている。お互いに納得した上でこんなやり取りをしているんだから、それこそ赤の他人である安原さんの言葉はお節介そのもの。

僕はモヤモヤしながら、八宝菜を口に放った。


しかし、そんな忠告はすぐに頭から抜けてしまい、僕は平然と翌日の昼休みもスマートフォンで頼子の様子を見ていた。ていうか、もう三ヶ月は繰り返しているので指が無意識にカメラを起動してしまう。

習慣というのは侮れない、と言ったのは、安原さんだったなと気づいたのは、数日後、頼子が塩ラーメンの乾麺と酸辣湯で昼飯を作っているときだった。

酸っぱ辛い酸辣湯とあっさり塩ラーメンの組み合わせで出来上がるものと言えば、簡単手間いらずの酸辣湯麺。辛いものが大好きな頼子にうってつけのメニューだが、これもパッケージに記載されたものだったと思う。

一方、僕はデミグラスソースで作った煮こみハンバーグ、バジルオイルでさっぱり温野菜サラダ、コンソメスープという組み合わせ。相変わらず夕飯の残り物を詰めた弁当で、仕事への意欲がないと思われても仕方がなかった。

＊　＊　＊

その日の晩。

「今日のご飯はなーにかなー？」

猫じゃらしを華麗に操り、クルクルとダイニングを回る頼子はご機嫌だった。珍しくジンジャーも頼子が振り回す猫じゃらしを追いかけており、部屋の中はドタバタとうるさい。一方の僕はキッチンでクックソースを並べて唸っていた。

千切りのミョウガと大葉、白ネギ、食べやすく三センチにカットしたカイワレをザルにひとまとめにした、のだが……問題は味だ。ソース次第で味が変わる。どの味にしよう。

こういうときは……

「頼子ー」

「はーい？」

「香味油とトムヤムクン、どっちがいい？」

パッケージを二つ掲げて訊く。僕の唐突な問いにも、頼子はすぐさま反応してくれた。

猫じゃらしでビシッと指してくる。

「香味油！」

「よし」

頼子の直感を信じて作ってみよう。

今日の夕飯は、昨日切った薬味たっぷりのつけ蕎麦だ。ネギや生姜、にんにくが原材料の香味油に酢を大さじ一杯、豆板醤大さじ一杯を混ぜ、三〇〇ミリリットルのめんつゆ（ストレート）に合わせる。ごまも欲しいな。キュウリも入れてみたいけど、頼子が食べないからやめておく。初夏の暑い日にもさっぱり食べられて、これからの夏バテ予防にも効果的。

ちなみにこれはどこのサイトにも載ってなかったので、提出用にレシピをメモしておく。名付けて、ピリ辛香味つけ蕎麦。

「なんにも分からずに答えちゃったけど、結局今日のご飯はなんなの？」

頼子がキッチンを覗きこんで訊いた。ジンジャーと全力で遊んだからか、こめかみがちょっとだけ汗ばんでいる。

「頼子、昼間に酸辣湯麺食べてたよね」

「うん。あれ、本当に簡単に作れちゃうね」

「夜はつけ蕎麦なんだけど、大丈夫？」

昼間に麺類、夜も麺類か。おまけに酸っぱい系のダブルパンチ。しかし、僕の心配を頼子はあっさり跳ね除けた。

「え、なんで？　全然大丈夫だよ」

「そっか」

こういうところはこだわりがない。彼女が大雑把で良かったなと安心する。

「修くんは妙なところで心配するんだから」

頼子は呆れたように言い、猫じゃらしを振った。すかさず、ジンジャーが飛びかかる。

「うわっ！」

「こら、ジンジャー！　ダメでしょ！」

調理台の上に飛び上がろうとしてきたので、頼子がジンジャーを押さえ、僕は薬味のザルを守った。


翌日。ピリ辛香味つけ蕎麦はしっかりと頼子の食欲を満たし、おかげで全部食べきってしまったので、早起きして弁当を作った。

作り置きの豆鼓醤炒め、出汁巻き卵とウインナー、ミニトマト、温野菜サラダ。白ご飯に昆布の佃煮を添えてみれば、シンプルながらもきちんとしたお弁当が出来上がった。

今まではバランスを考えて詰めるよりも小分けにして入れるだけという感覚だったので、たまにはこういうのも悪くないなと思う。

「おはよー」

珍しく頼子が寝室から出てきた。緩いTシャツと短パンという気が抜けた格好のまま、寝ぼけ眼でむにゃむにゃ言っている。

「なんかいい匂いがして、起きちゃった」

「おはよう。昨日は蕎麦だったからさ、弁当を作ってみたんだよ。出汁巻きがあまってるから食べていいよ」

「出汁巻き！」

それまで寝ぼけていた頼子の目が急に光を帯びた。キッチンに置いていた平皿の上に、切り分けた出汁巻き卵が半分ほど残っている。これに頼子は寝起きとは思えないほど元気になった。

「修くんの出汁巻きだー！　やったぁ、いただきまーす」

「顔洗ってからにしなよ」

手を伸ばす頼子をたしなめるも、彼女は素知らぬ顔で卵焼きの端っこをつまんだ。

「んー、おいし。これこれ。ほどよくしょっぱくて、甘すぎなくて、ほんのりまろやかな卵の優しい味。最高だね。ふふふ」

なんだか幸せそうに頬張っている。味見もせずに手早く作ったものなのに。

やれやれと弁当を包んで、かばんに入れる。すると、頼子は一変して「うーん」と唸った。

「お昼にペロッと食べちゃいそうだけど、晩酌のおともにしたいなぁ。どうしよう？」

「……夕飯にも作るよ」

「いいの？　やったー！　じゃあ、今日は手羽元の甘辛煮もお願いね！」

「はいはい」

まだ朝も始まったばかりでもう夕飯の話。しかも、頼子の好きなものフルコースだ。

「じゃあ、行ってきます」

「気をつけてねー」

卵焼きをつまんだまま手を振る頼子。久しぶりの見送りがかなり嬉しい。今日も頑張れそうだ。

＊＊＊

アシスタントを頼まれてはいるものの、僕はどうにもお気楽思考だった。一方の安原さんはちゃんと弁当の中身を変えてきており、そのどれもが手間のかかるもの。

「これでも時短で済むように考えてるのよ」と言ってはいるが、凝り性で栄養バランス重要視の弁当は誰がどう見ても隙がなく、パッケージの裏に「簡単お手軽レシピ」と銘打って載せられる代物とは思えない。それを言うと怒られそうだなぁと思い、僕はただひたすらに「手間いらずありきたり弁当」を提出する。もちろん、安原さんがそう言っているだけで、僕はそう思っていない。

「あのね、真殿」

今日も自動的に頼子の動向を観察していると、哀愁たっぷりに安原さんが言った。

「インパクトのあるアイデア料理って、例えば『この調味料で、これができる！』みたいな意外性なのよ」

「はぁ……意外性ですか」

出汁巻き卵を口に放りこんで相槌を打つ。

頼子は先日まではちゃんと手がこんだ昼飯を作っていたのだが、今日はクックソースのカレーを湯煎で温め、ご飯の上にかけて食べていた。「カレーはバターチキンカレーじゃなかったのかよ」と、今すぐにでも帰ってツッコミを入れたくなる。

「聞いてる？」

「あ、はい。聞いてます」

危ない。気を緩めたら画面ばかり見てしまう。スマートフォンを閉じ、僕は炒めものを頬張った。タケノコと豚バラを豆鼓醤で炒めたシンプルなおかず。豆鼓醤は豆を発酵させた調味料で、強い塩気とほのかに香る豆の風味が効いている。タケノコの甘みと相性がいい。これもメモしておこう。

「だからね、ただ中華料理の調味料で中華を作ってもありきたりだし、和風調味料で和食を作ったってなんの意外性もないの」

安原さんは苛立ち紛れに言った。それは、僕だけでなく自分に言い聞かせるようでもある。

彼女の料理には和食や中華は少なく、どちらかというと洋風ソースを使うような料理が多い。初日もイタリアンが多かったな。今日はトマトとバジルの冷製パスタと、ポテトサラダの組み合わせだ。

「このポテサラ、ちょっと食べてみて」

唐突に押し付けられる。戸惑っていると、安原さんは自分が持っていたフォークでポテトサラダをすくい、タッパーの蓋に落としてきた。

「いただきます」

パクッと一口。冷たく口当たり滑らかなマッシュポテト、マヨネーズの酸味と砂糖の甘みが一度にくる。でもなんだか、それだけじゃない旨みがある。その正体が分からない。すると、謎を解く前に安原さんの口が動いた。

「これね、うま塩ダレで作ったのよ」

「えっ……ん？　あー、なるほど！」

舌で改めて確認すると、確かに塩ダレの風味が分かる。すぐに思いつかなかったのが悔しいが、この意外な組み合わせに驚いた。

「ま、ポテサラならなんでも作れそうよね。和風シリーズ、中華シリーズどっちも相性がいいと思う。これを見なさい」

安原さんは脇に置いていた大きな画面のタブレットを引き寄せ、人差し指で画面を素早く操作した。そこにはポテトサラダだけでも大量の試作のメモが細かに記されている。

その量に圧倒され、僕は集中してメモを読んだ。

「でもね、やっぱりインパクトが足りないのよ。バランスはとてもいいの。でも、結局のところ、ユーザーが欲しいのはメインを張れる派手なもの。華がないと、採用までの道は遠いわ」

「そう、ですね……」

改めて、この仕事の重要さが分かる。いつまでも気楽に料理するだけじゃダメだ。

「だいたいね、公式レシピが多すぎるのよ。オーソドックスなものは全部使えないし、かと言ってマイナー料理もダメ。佐藤のやつ、自分が知らない料理は絶対に通してくれないんだもん。あーあ、ストレス過多！」

企画営業部との連携も大変そうだ。

安原さんは不満そうにポテトサラダを食べた。行き詰まっているのは分かる。でも、僕よりもはるかに場数をこなしてきた安原さんがお手上げなんだから、僕がしゃしゃり出てひらめくような大逆転は、今のところ全然考えられなかった。

＊＊＊

僕が今までメモしてきたものが、ほとんど使えないということを再確認したら、この数日の考えがすべて無駄になってしまった。

オーソドックスを避け、メインを張れるインパクトのあるもの、かつ馴染みがある料理、しかし奇抜で斬新なメニュー。

なんだよ、それ。無理難題にもほどがある。要望が横暴だ。そりゃ、企画を考えるのはいいけど形にするのは手間もかかるし、めちゃくちゃ難しいんだぞ。

まったく途方もない作業だ。そもそも僕なんかが立ち入れる領域じゃない。気持ちはどんよりしていき、帰宅するころには頭の中が沸騰していた。

「ただいま……」

「おっかえりー！」

玄関を上がった直後、頼子がスリッパを鳴らして飛びこんできた。とっさに受け止めようと手を伸ばす。見事、キャッチ。

頼子は何かを期待するような目で僕を見つめた。なんだろう？

「どうしたの、頼子。今日はやけに機嫌がいい、ね……」

言いながら今朝の会話を思い出す。

「あぁーっ！」

頼子を抱きとめたまま思わず叫ぶ。考えすぎですっかり抜けていた。今日はスーパーにすら寄ってない。

「ごめん、頼子。手羽元を買うの忘れてた」

「えぇーっ！」

頼子も絶叫し、僕の背中をシャツ越しに爪で引っ掻いた。

結局、冷蔵庫の中にあるものとクックソースで夕飯を作る。

頼子はしばらく風呂から出てこない。風呂掃除に何分かかっているんだろう。

最近の彼女は不機嫌を見せてくるようになった。しかし、面と向かって不機嫌にされるわけではなく、僕と距離を取って遠回しにアピールする。寝室でふて寝したり、洗面所の掃除をしたり、ベランダに椅子を置いて居眠りしたり、トイレ掃除したり。寝るか掃除するかのどっちかで、今日は風呂掃除に徹していた。普段はズボラな頼子だが、一旦スイッチが入ると僕よりも念入りに掃除するタイプであることが発覚した。

手羽元はない。鶏むね肉ならある……みぞれ煮にしよう。

鶏むね肉を柔らかくおいしく食べるには、下準備が欠かせない。パサパサになりがちな身は塩と酒を揉みこみ、一時間ほど冷蔵庫で寝かせるとジューシーで柔らかくなる。しかし、揉みこむときに組み合わせる食材によって柔らかさが変わってくる。

僕は舞茸と塩で揉みこむのが好きだ。みじん切りにした舞茸と塩少々で鶏むね肉を揉みこむと、柔らかさはもちろん旨みが増す。それに、舞茸も一緒に調理できるから肉を拭き取る手間もいらない。昨日、つけ蕎麦と並行してあらかじめ準備しておいて良かった。

本当なら調味料で味を見ながら作るんだけど、今日はクックソースで作ってみる。

頼子が風呂掃除している間に、超高速で大根をすりおろしておき、鶏むね肉はそぎ切りにし、フライパンで加熱。軽く焼き目がついたところでクックソースの甘辛醤油ダレを投入。水と酒を大さじ二杯ずつ加え、大根おろしも入れる。そしてひと煮立ちさせたら完成。

　手羽元でももちろんうまいけど、鯖や秋刀魚、鰯もうまそうだ。

　しかし、インパクトはない。僕の料理は基本的に茶色が多い。和食中心だからというのもあるが、この地味さが安原さんを悩ます種になっているようにも思えてくる。

「インパクト……奇抜……派手な料理……」

「何をぶつぶつ言ってるの、修くん」

　横から頼子が訊いてくる。どうやら掃除が終わったらしい。体の右半分がずぶ濡れだ。

「ご飯もうできる？　まだならお風呂に入っちゃうけど」

「あぁ、うん。お風呂、先にどうぞ」

　上の空で答えてしまい、頼子は困ったように眉を下げて「おっけー」と風呂へ走った。

　夕飯は鶏むね肉のみぞれ煮と、トムヤムクンを使ったもやしとニラのスープ、アスパラの煮浸し、あまった大根おろし付きの出汁巻き卵。

　頼子の機嫌はすっかり直り、ジンジャーも足元で夕飯にありついている。一方、僕はスマートフォンの画面を見ながら考えこんでいた。時折、味をメモしながら夕飯を食べる。すると、頼子の手が伸びてきた。

「んもう、お行儀悪い」

さっとスマートフォンが奪われ、僕の手が宙で止まった。頼子が画面を見る。そして事情をすぐに察知したらしく、しぶしぶ僕の手に返してくれた。

「仕事、大変なの？」

「うーん、まぁ……」

「修くんって、創造力がイマイチ足りないもんね」

そう言われると痛い。はっきり言ってくれるのはいいけど、少しもオブラートに包んでくれないのでがっくりしてしまう。

「まぁ、あたしもね、あのソースを使ってるんだけど、やっぱりパッケージのレシピとか参考にしちゃうもんね。カレーとか、そのままご飯にかけちゃえるし。アレンジするのも頭使うし」

「あぁ、今日はカレー食べてたね。バターチキンカレーじゃないとダメだって言ってたのに」

昼間にツッコミを入れようと用意していた言葉も、どうにも勢いが足りない。頭の中は決め味クックソースのパッケージが浮遊しており、思考は仕事からなかなか離れられなかった。そんな僕に頼子は話を合わせてくれる。

「でもでも、中華料理って作るの面倒そうだなって思ってたんだけど、あのパッケージで見たら意外と簡単に作れそうよねー」

「え？　中華は簡単だよ」

すかさず言った。頼子の目がパチパチ瞬(またた)く。

「そうなの？」

「うん。材料切って炒(いた)めて調味料を加えたらあっという間だよ。強い火力で炒(いた)めるから、時短にもなるし」

基本は塩、胡椒、醤油、酒、うま味調味料、香辛料、ごま油、片栗粉があれば大抵の中華料理はできる。でも、その感覚が伝わらないようで、頼子は首をかしげて曖昧に笑った。

「昨日の香味油(こうみあぶら)もそうだけど、中華の調味料は一体何に使えばいいのやら」

「炒(いた)めもの全般に使えるよ。香味油(こうみあぶら)はチャーハンに使えるし、甜麺醤(テンメンジャン)はベタに回鍋肉(ホイコーロー)とかね。牡蠣油(かきあぶら)は牛肉を炒(いた)めるとうまいんだけど、やきそばにしてもいいし、魚露(ユイルー)は魚介の旨(うま)みが入ってるからパ——」

そこまで饒舌(じょうぜつ)に言って僕は黙りこんだ。勝手に思考がストップする。

「修くん？」

頼子が目の前で手を振った。

「あ、なんでもない。ごめん」

「大丈夫？　あんまり悩まないでよ」

優しく言われ、僕はごまかすように笑った。

「うん、大丈夫」

「本当にー？」

頼子は安心したのか、いたずらっぽく言う。

「修くんったら、悩むと知恵熱出しちゃうでしょ。赤ちゃんみたいに」

「知恵熱じゃない」

考えすぎで知恵熱が出るというのは誤用だから断じて知恵熱じゃない。

「どっちにしろ頭が沸騰(ふっとう)しちゃうでしょ。水風呂の中で考えたらいいんじゃない？」

名案っぽく言う。でも、水風呂は嫌だ。

夕飯を済ませ、僕は冷蔵庫から熱冷ましのシートを取り出して貼ると、ソファで作業を開始した。

「――ねぇ、頼子」

皿洗い中の頼子を呼ぶ。

「僕の料理、地味かな？」

「そう？　どれもおいしいけどな」

趣旨とは違う回答が飛び出す。僕はソファに首を預けて頼子を見上げた。逆さまの頼子が食器の水を切っている様子が見える。今度は別の角度から質問してみよう。

「じゃあ、インパクトのある派手な料理といえば？」

「カルパッチョ」

即答だった。生ものが嫌いなくせに、こういうときは抵抗なく挙げてくれる頼子である。

「他は？」

「明太スパゲティ、ペペロンチーノ、ジェノベーゼ、ボロネーゼ、ラザニア、アヒージョ、ブルスケッタ、マルゲリータ」

もはや嫌がらせのごとくイタリアンのメニューが並べられる。しかも、先日店で食べたものもある。僕は顔を覆って、これ見よがしに嘆いた。

「うわっ、トラウマがよぎっていく……！」

「え？　やだ、修くん、ごめん！　そんなつもりはなかったよ！」

慌てて駆け寄ってくる頼子の表情は心配そうだった。本気にされるとは思わず、僕はいたずらっぽく笑う。頼子の目が呆れたように笑った。

「んもう、珍しく頑張っちゃって。そんなにインパクトが欲しいの？」

「欲しい」

確かに料理の彩りが良くて、パッと目を引くのはイタリアンだ。しかも日本人に馴染みもある。いや、裏をかいてエスニックで攻めるのもいいかも。

「まぁ、あんなに種類豊富だと悩んじゃうよね。どれかにしぼって考えてみたら？」

頼子は僕の隣に座り、スマホに入力したメモをしげしげと見つめた。

「どれかって？」

考えすぎて思考力が落ちている。僕の投げやりな問いに、頼子は真摯に答えてくれた。

「トマトソースだけで何品も作ってみるとか、要は一点集中するの。あれこれ手を出して即興で作るよりも、ひとつの的を狙えば楽なんじゃない？」

「あー、なるほど。そうかぁ」

確かに頼子が挙げてくれたイタリアンのメニューだと、ほとんどトマトソースかバジルオイルで作れてしまいそうだ。

しかし、僕の脳裏に安原さんの言葉が渦巻いた。

——ただ中華料理の調味料で中華を作ってもありきたりだし、和風調味料で和食を作ったってなんの意外性もないの。

「トマトソースでイタリアンを作っても意外性はないよな……」

「ええ？　今度は意外性が欲しいの？」

「欲しい。意外性も欲しい」

「この欲張りさんめ」

頼子もお手上げといった様子でソファにもたれた。

「あ。これはどうよ。タラモサラダってあるじゃない？　ピンク色のポテトサラダ。あれみたいに、アボカド入れてグリーンポテサラ、バジル仕立て、なんてどう？」

それはなんだかうまそうだな。でも、昼間の安原さんがまたも否定論を振りかざす。

「ポテサラはメインを張れる料理じゃないらしい」

「えー……んー、それじゃあ、もう分かんない」

クッションをバンバン叩いて、頼子は考えることを諦めた。僕ももうそろそろ頭を休めようかなと思い始める。こうやってすぐ諦めるから、何を考えてもうまくまとまるまではいかないし、できないのかもしれない。

頼子の手前おどけて嘆いたものの、本格的にトラウマがよみがえってきそうで、モヤモヤが広がる。イタリアンは僕にとって、痛い思い出しかない。

「逆の発想はどう？」

モヤモヤに落ちそうになった直後、頼子の声が僕を引っ張り上げる。

「逆？」

「料理やジャンルを決めてからソースを決めるんじゃなくて、ソースを決めて意外なジャンルになるように選ぶの」

「例えば？」

「トマトソースで中華をやってみるとか。あたし、昔食べたことがあるんだけど、エビと卵のトマトソース炒めっていうのがおいしかったなぁって思い出した」

頼子の明るい声のおかげで憂鬱が一気に吹き飛ぶ。僕は体を起こしながら、脳内で食材を調理した。

「うーん？　カニ玉みたいなの？　オムレツ？」

「ううん。そうじゃなくて、どっちかと言えばエビチリ路線」

中華料理では定番のエビのチリソース炒めはケチャップを使う。なるほど、つまりチリソースがほぼトマトソースで代用された料理となるわけだ。

「そう言えば安原さんが、うま塩ダレでポテトサラダ作ってたなぁ」

「ほら、そういう感じの逆転の発想で考えてみようよ」

頼子のヒントはかなり効いた。さっそくメモに「トマトソース、エビチリ風」と入力する。そういう方向で考えるなら、トマトソースを使ったぶっかけそうめんも華やかでいいかもしれない。アボカドを散らしてみたりして。

よし、やってみよう。

僕のやる気は、かつてないほどに上昇している。意気ごみよろしく翌日に向けてメニューを打ち出してみた。

しかし、翌日。安原さんが作る洋風肉じゃが、トマト餃子、エスニックチャーハン、レモン鍋などのラインナップを見てしまい、僕はメニューの提出をためらった。

やる気はあるのに自信と創造が追いつかない。正直、トムヤムクンペーストでチャーハンを錬成するひとに、ぶっかけそうめんを自信満々に提案できるほど図太くはなれない。

「まぁ、まだ期限はあるから、頑張って」

いつもの覇気がない安原さん。彼女も追いこまれている。

「真殿ってさ、イタリアンで働いてたのにパスタ系が一切ないのね」

唐突に安原さんが言う。気分転換に話しかけてくれるのはありがたいけど、今はその話には触れて欲しくない。

「洋風ソース以外を使ったパスタ、いくつか考えてきてよ。ピザもいいな」

「いやぁ……そのへんはいろいろあって」

「はぁ？　この状況で何言ってんの。先輩命令よ。いっそ前の職場のメニュー、パクってきていいからぁ」

とうとう足を投げ出す安原さんの声は気だるそうに伸びていった。パクってきていいわけがない。もちろん冗談だろう。

「ちょっと、コーヒー買ってきます」

いたたまれず、席を立った。

はぁ、ダメだ。集中できなくなる。前の職場なんて、今はとくに思い出したくないのに。

――やる気がないなら辞めていいよ。

当時、何度か言われた言葉。上司の口癖だった。その言葉は状況に応じてあらゆる顔になる。叱責として、冗談として、呆れとして。

昔も今もやる気はある。でも、自信と創造が追いつかない。形にならない。それは分かっている。そして今は、何が求められているのかも分かっている。ただ、自分の中の何かが許せないままでいるから、思い切って踏み出すことができない。それも分かっている。

「――パスタかぁ……」

自動販売機でコーヒーを選び、逡巡しながら食品開発部に戻った。

＊　＊　＊

仕事が終わったあと、ダイコクで買い物をしながら何度かパスタのコーナーを行ったり来たりしたが、結局手に取ることはなかった。

どっちにしろ今日は里芋があるから和食にするつもりだ。昨日の意気ごみはどこへやら、とにかく仕事から離れたい。食事くらい好きに作らせてくれ。

そう言えば、帰る前に頼子が「今日はお酒が飲みたい」と言っていた。

つまみを作ろう。酒のアテになるようなものがいい。オクラと長芋と、あと里芋と合わせるもので、れんこんも買う。にんにくとキャベツが安かったので、これもカゴに入れた。

今日は家で仕事しない。そう決意したものの、頭は自動的にクックソースのことを考えてしまい、あれこれとレシピを紡いでいく。慌ててかき消して頼子の顔を思い出す。

そんなことを繰り返してようやく家に帰ると、頼子がジンジャーと一緒に遊んでいた。

最近はこういう出迎えが多い。

「お疲れさま！　お風呂沸かしてるから入っておいでー」

そう言って、まだ食材を抱えたままの僕の服を脱がそうとする。

「分かった、分かったから、先に荷物を冷蔵庫にしまってから！」

どうにか彼女の手をかわし、僕は急いで食材を涼しい部屋へ避難させた。

「あぁもう、そんなのあたしがやっとくから」

頼子の手が追いかけてくる。なんだろう。やけに優しい。

「今日、なんの日だっけ？」

怪しむように訊いてみる。今日は特別な日なのかもしれない。しかし、六月二十四日に特別なことはこれといって見つからない。

「え？　なんの日？」

頼子も首をかしげる。

どうやら、とくになんでもない日だった。

促されるまま風呂に入り、今日は「仕事をしない」宣言をしながら夕飯を作った。

「……でも、仕事しないって言いながら、クックソース使ってるんだよねぇ」

夕飯が食卓に並ぶと、頼子が茶化（ちゃか）すように笑った。

大根としめじと豆鼓醤（トウチジャン）の混ぜご飯、あまった豆鼓醤（トウチジャン）でオクラと長芋を和えてレンジで温めたやつ、里芋とれんこんをガーリックバターで炒（いた）めたやつ、白湯（パイタン）で味噌を溶いたスープ。名称すらあやふやな創作料理なので、何も考えずに無意識で作ったものだと言える。

「ま、酒のつまみがあるのはいいことだ。修くん、でかした！」

発泡酒の缶をプシュッと開けて言う彼女はかなりご機嫌だ。この笑顔が目の前にあるだけで、気分転換になるから不思議だ。彼女のさりげない励ましと笑顔は僕の自信を回復させる力がある。確かに癒されているんだろうなぁ。ありがたい。

「なんか、落ち着くなぁ」

思わず本音をこぼす。

「え？　何？　あたしと一緒にご飯食べるの癒される？」

「いや、この茶色のメニューが」

つい照れ隠しにごまかすと、頼子は目を細めてニヤニヤ笑った。たぶん、ここまで全部見透（みす）かされてる……

里芋とれんこんは味がしみてて食感もサクサクと楽しく、なんと言ってもこのガーリックバターがまろやかで香りも食欲をそそる。脂が甘く、いい仕事をしている。長芋とオクラもしっかり歯ごたえがあっていくらでも食える。そして混ぜご飯。発酵した豆の風味が独特な豆鼓醤が合わないはずがない。味噌スープもこっくり濃厚なのに飲みやすく、香りづけで垂らしたごま油がほどよいアクセントになっている。

「おいしい。めっちゃおいしい。最高にお酒が進む」

いつになく頼子が褒めちぎってくれる。僕もだんだん調子を取り戻してきた。

「でも、これが採用されるとは思えないんだよなぁ」

「思い切って提出してみたらいいじゃない。数打ちゃ当たるって言うし」

あっけらかんと言われてしまう。頼子はパクパクと食欲旺盛で、同時にお酒の進み具合も好調だった。

「ま、今日はもう考えないで。明日にしよ、また明日」

「そうだね」

忘れよう。頼子の言うとおり、また明日にすればいい。

「ねぇ、今度の休みに映画観ようよ。劇場で観られなかったホラー映画、ネット配信してるみたいだし」

映画か……気分転換にはいいかもしれないなぁ。

「それか、ゲームする？　森を育てるやつ」

確かに、たまにはログインしないとあのゲーム、雑草が増えて無法地帯になるよなぁ。

「それとも買い物に行こうか？　ほら、イベントに出るならもうちょっときちんとした服買おうよ。ネクタイも新しくしたら？」

イベント。デパートのイベント。そうだ、今回の仕事はイベントでたくさんのひとに食べてもらうためのレシピ考案だった。大本の目的はそうだ。だったら、やっぱり華やかで派手で、楽しくおいしいものがいい。だからインパクトを求められているんだよな。

うーん……

「もう、修くん！」

「えっ」

突然の頼子の大きな声に、つまんでいた里芋をテーブルに落っことした。

「また仕事のこと考えてるでしょ」

「あ、ごめん」

「いや……別にいいの。ごめんね、邪魔して」

頼子はテーブルに落ちた里芋を箸（はし）で刺し、そのままパクッと食べた。

あぁ、まったく。彼女を心配させてどうする。黙ったままじゃ何も伝わらないのに。

麦茶を飲んで、口の中を一旦リセットする。変にごまかすと余計に気が晴れない。何より頼子に心配かけたくない。

「――今日、パスタ考えてきてって言われたんだ」

「あら、そうなの」

頼子は意外そうな声で言った。下手に気を使わない態度がありがたく、そのおかげで僕はとても喋りやすくなる。

「うん。先輩命令だとかなんとか言われてさ、和風パスタとかピザとか出してみようかなぁって」

「いいじゃない。やってみたら？　あたし、明太スパゲティ好きなの。塩昆布とタラコで炒めたの、すごくおいしいよ」

「そうなんだ」

頼子が食べたいなら作ってみようかな。そういう動機でもいいよな。うん。ちょっと前向きになってきたかもしれない。

僕の箸がようやくスムーズに進む。すると、頼子が明るく訊いてきた。

「そういえば、おじさんはパスタとか作らなかったの？」

「ミートソースパスタとかトマトパスタはすぐに作ってくれてたよ。ひき肉もトマトも中華で使うからって」

「へー、お店のあり合わせで作ってたのね」

そのとおり、宏樹おじさんは店にある具材で代用するのが上手だった。日曜日のお昼時、おじさんはほぼひとりで厨房の仕事をこなしていた。忙しくて目が回りそうなのに、僕の突拍子もない注文にも対応してくれる。

厨房からひっきりなしに顔を出しては「うまいだろう？」と笑顔で訊いてくる。「うまいよ」と返すと「そりゃ、当たり前だよな」と照れくさそうに笑う。あのやり取りが楽しく、いつの間にか僕はおじさんに憧れていたんだ。

「あれ？　でも、パスタ麺は店に置いてなかったのにな」

ふと思い出す。

あの麺、モチモチしてておいしかったけど、今思えばパスタ麺じゃなかったような。喉越しはいいのに、若干縮れてて まるで中華麺――

「そりゃ、中華屋さんなら中華麺でしょ」

いとも簡単に頼子が答えを示してくれる。でも、長年考えてこなかったこともあり、僕の目からはウロコがボロボロと落ちていった。

なんともふわふわと仕事と日常を行ったり来たりしながら、夕飯を終えた。

結局、頼子が話しかけてくれないと僕は思考の旅に出てしまう。果てのない大航海はソファの上でもひたすら続いていくので、後片付けを終えた頼子が熱冷ましのシートを無造作に僕の額に貼り付けた。

「そう言えば、代用って言ったらあたしも面白いものを作ったことがあるんだよ」

もう何を言っても考えごとから離れないと悟ったようで、頼子はおどけた様子で食にまつわる小話を始めた。

「インスタントのおかゆ、あるでしょ。あれが家にいっぱいあって、賞味期限が切れそうになっちゃってて。でも、おかゆなんて病気のとき以外は食べたくないじゃない？」

「うん」

「だから、別の料理にできないかなって考えて」

「うん」

「そしたらね、グラタンができたの」

「え？」

何をどうしたら、おかゆがグラタンに生まれ変わるんだ。理解できない。

「これができちゃうんだなぁ。マカロニとササミと玉ねぎをおかゆに混ぜて、上からチーズとマヨネーズをかけて、レンジでじっくり熱を加えると完成」

なんだかいろいろと間違ってる気がする。そもそもインスタントのおかゆを食べたことがないから味の想像がまったくつかない。

でも、確かに見た目はグラタンかも。ホワイトソースも原材料はデンプンだし。

「極限の状態でできる〝なんちゃって飯〟ね」

極限状態のなんちゃって飯――脳内で復唱していると、あるものがよぎった。

熱冷ましのシートを剥がし、ソファから立ち上がる。この突然の行動に頼子はびくりと大げさに驚いた。

「え、え？　何、何事？」

「買い物行ってくる」

「今から？　もう十一時なんですけどー？」

僕はテーブルに置いていた財布を取ってバタバタと玄関へ走った。

「コンビニ行ってくる！」

ひらめいてしまったからには、今すぐに作らなきゃいけない。それなのに、うちにはパスタ麺がない。だったら買ってくるしかない。残念ながらこのメニューはパスタ麺以外で代用はできないし、他の食材を代用したいからパスタ麺は代用品にしたくない。とにかく近くのコンビニまで走る。

六月の夜は、昼間の熱が地中に充満していて蒸し暑い。走れば汗だくになることは必至で、それでも家から歩いて十分で着く距離を走り切ってしまう。帰ってきたときには疲れがどっと押し寄せた。毎日歩いてるのに、走るとかなりきついな。

「もう、そんなに急がなくたって」

帰るなり、頼子が心配そうに顔を覗きこんでくる。その頰に冷たいアイスキャンディーの袋を押し付けた。

「あらやだ、修くんったら気が利くぅ」

さっそくアイスの袋を受け取って食べる頼子。僕もさっそくキッチンへ向かって冷蔵庫をあさる。

「何作るのー?」

後ろから頼子が背伸びして訊いてきた。その顔をちらりと見てから、僕はジンジャーのササミに手を伸ばして一言告げる。

「パスタを作る」

「おぉ、ついに修くんがパスタを」

目を大きく開いてのけぞる頼子。そこまで驚かなくてもいいだろ。

ソーダアイスをむしゃむしゃ食べながら、僕の後ろをちょこちょこついてくる。そう

される と動きづらい。

「ちょっと、頼子」

「まぁまぁまぁ。こんな時間なんだし、お手伝いしますよ」

手伝う気満々だ。

「えーと……じゃあ、パスタを茹でてもらえる？」

とくに複雑な作業はないので、それだけをお願いする。

頼子は軽快に「りょーかーい」と言い、圧力鍋に水をたっぷり張った。その間に、僕はキャベツを切る。シャッキリ感を残したいので細かくせずにざく切りで。あとはジンジャーのササミを細かくほぐして……ふと足元を見ると、キョトンと丸い目を向けて尻尾を振るジンジャーがいた。

「のぉ」

心なしか、短く鳴く声が切ない。僕のスリッパを爪で引っ掻き、ササミの使用を止めようとする。良心が痛むが、これもまた代用なので使わないわけにはいかない。

「ごめんな。ちょっと使わせてくれ」

また明日買い足しておくから。

言葉が通じたのか、ジンジャーは尻尾を振りつつも爪とぎをやめた。そっぽを向いてキッチンから出ていく。窓際まで行き、外をぼんやり眺めていた。

「修くん、もう夜が深い。さっさと作っていこう。お湯が沸きました」

頼子がモゴモゴと言う。アイスを口にくわえたまま、鍋を菜箸で混ぜている。

「塩は入れた？」

「入れた」

「じゃあ、パスタをひと束入れて」

「ほーい」

ぼこぼこと沸き立つ湯の中へ、頼子が指示どおりにパスタをひと束ばらし入れた。針みたいに尖った乾麺が湯に呑まれていく。細めの麺なので、茹で時間は五分。

「ちなみに、なんのパスタを作るの？」

手持ち無沙汰になった頼子が訊いた。僕はササミを手早くほぐしながら言う。

「絶望スパゲティって、知ってる？」

「絶望スパゲティ？」

「鰯のアーリオ・オーリオ。いわゆるアンチョビのペペロンチーノ。なんでも、絶望したときにもペロッと食べられてしまうんだって」

諸説ある中で「失恋したときでもペロッと食べられる」というのがイタリアらしいなと思う。でも、本当のところはどうだか分からない。とあるパスタ店が名付けたという話もある。

「鰯かぁ……」

魚嫌いの頼子にはそこが引っかかったらしい。チラッと顔を上げると彼女は苦々しく笑った。

「でも、これは代用パスタだから。味付けはアンチョビに寄せるために――」

僕はクックソースの魚露を出した。この魚露の原材料はカタクチイワシなので、いくらか寄せることができる。

パスタの麺が茹で上がったところで頼子が手際よく湯切りした。茹で汁をお玉二杯分残し、あとは全部捨ててしまう。

それから、フライパンにオリーブオイルを回し入れて熱し、スライスしたにんにくと輪切りにした鷹の爪を香りが立つまで炒める。キャベツを加えて、白っぽい葉に油が回り艶やかな緑色に変わったら、ササミを入れて塩胡椒を振る。味がまんべんなく渡るようにフライパンを振り、魚露を加える。

その様子を見て、頼子が冷やかした。アイスはすでになくなっている。

「さすが、手慣れてる」

「まぁ、よく作ってたから」

油がはねるたびに当時のシーンが重なる。食材も特殊じゃないのに、手順を踏むだけで五年前の記憶が鮮明によみがえった。

――やる気がないなら辞めていいよ。

上司の口癖を思い出す。これを言われる度に愛想笑いして謝って、どうにか見捨てられないように振る舞うことが多くなった。同じ出来損ないでも、愛嬌さえあれば切り抜けられる。いつの間にかそんな考えをするようになり、疲れていった。

厨房のスタッフは黙々と作業をするひとが多い。そのためコミュニケーションがうまくいかず、一つ失敗したら厨房を追い出されたこともあった。それがつらくて辞めていく先輩や後輩、アルバイト。ひとの入れ替わりが激しく、別れを惜しむ間もなく業務は続いていく。それもそれでストレスが溜まる。

そんなとき、家に帰って作ったのがこの絶望スパゲティだった。店で出すような上等な麺じゃなく、スーパーで安いものを大量に買ってはストレス発散するようにひとりで貪った。

時間が経った今でも覚えている。忘れたいのに染み付いている。

ソースに茹で汁を少し加えて、コンロの火を止めた。パスタを絡めて、平皿に盛りつけて――完成。

「おぉー」

傷心に浸る僕とは対照的に、頼子がはしゃいで手を叩く。

黄色の麺にからむにんにくと鷹の爪、キャベツの色合いがちょうどいいバランスだ。食欲をそそる香りを吸いこみ、僕はその場でさっそくフォークを入れた。

クルクル巻いて一口……あぁ、これこれ。すごく懐かしい。ほのかな魚介のにおいにツーンと香るにんにく。ピリッと引き締まる辛い鷹の爪。つるりと喉越しのいいパスタ麺。泣けるほどうまく、あっという間に食べたあの味だ。

「いいな、いいなー。あたしも食べたい。ちょーだい」

「はいはい。よく食うね」

感傷に浸っていると、頼子がせがんでくる。「あーん」と口を開けるので、その中に一口つっこむ。フォークをゆっくり抜くと、頼子はもぐもぐと絶望の味を堪能した。

「んー。なるほど、ペペロンチーノだ。おいしい！　魚っぽさがない！」

「まぁ、ササミだからね。アンチョビを使えば鰯の脂がからんでもっとうまくなるんだけど、今回はこいつを使わないといけないから」

まだまだ使い切らない調味料の山を見やって苦笑する。と、頼子は魚露のパッケージを手に取った。

「おじさんの中華と、修くんのイタリアンが融合した感じだね」

頼子が笑顔で言う。言われるまで気がつかなかった僕は、目を瞬かせて「あぁ」と気の抜けた声を漏らした。

手の中にある〝なんちゃって〟絶望スパゲティを見る。

わだかまりはもうない。もう二度とイタリアンと向き合うことはないと思っていたのに、まさかこんな形で報われるなんて、あのころの自分には想像もつかなかっただろう。

＊＊＊

翌日、朝一でこのレシピを安原さんに提出すると、彼女は「ほぉぉ？」と意外そうな顔で品定めしていたが、どうにか上に通してくれる運びとなった。

正式に試作するのは来週。まだまだ改善の余地がある。ササミだけじゃなく、別の食材でもアレンジが利くだろう。ついでに出し惜しみしていたレシピもまとめて提出し、なんだか一つの山を越えた気分だった。

しかし、まだクックソースは残っている。

頼子はそろそろ飽きてきたみたいで、昼間はそうめんを食べていた。

困る。とても困る。でも、僕も飽きている。手羽元の甘辛煮でもカレーでもいい。クックソース生活から一旦離れたい。

そんなときは、やっぱりおすそわけするに限る――

「倉橋さん、一生のお願い。頼む」

僕は件のクックソースを一つ差し出して頼みこんだ。帰り道、スーパーのダイコクへ買い物に来た際、外でタバコを吹かしていた倉橋さんを見つけて今に至る。

「一生のお願いって、気軽に使っちゃダメなんじゃねーのかよ」

倉橋さんは目を細めて、僕を一瞥した。数ヶ月前のアサリについて、僕が言ったことをまだ根に持っているらしい。

「そこをなんとか。倉橋さん家なら四人家族だし、食べざかりだろうし」

「そりゃ、うちは旦那がバカほど食うからな」

僕が持っていたクックソースは和風シリーズの甘辛醤油ダレ。これを倉橋さんはひったくり、しばらく考える。やがて、タバコの煙を鼻から吐きながらふんぞり返って言った。

「うむ。まぁ、よかろう。たまには人助けもしないとなー」

「ありがとう！　それじゃあ、これもよろしく！」

かばんから全種類のうち五種類を引っ張り出した。これに、彼女は驚いたように目を丸くした。

「おいおい、聞いてねーぞ！　こんなにいらんって！」

「大丈夫、大丈夫。これ、なんにでも使える万能調味料だから！　カレーもあるし、デミグラスソースもあるよ！」

「はぁ？　押し売りにもほどがあるだろ……あぁ、もう。分かったよ。全部まとめてよこせ」

さすが倉橋さん、太っ腹。これで少しはクックソースから離れられる。

「殿ってさぁ、昔からそうだけど、妙なところで押しが強いよな」

倉橋さんはクックソースを小脇に抱え、どんよりと重たく言った。覚えのない指摘に、僕は自然と宙を見た。すぐには思い出せない。

「お前が宿題忘れたとき、後ろの席のアタシに丸写しを頼むのしょっちゅうだったろ。掃除当番のときは雑巾がけが嫌だからって担当を勝手に変えるし。真殿は『天然番長』だって、噂になってた」

「あー、はいはい。ありましたね……って、何その噂？」

そこまでのことは本当に覚えがない。作り話じゃないかと疑いの目を向けたが、どうもそうじゃなさそうで、彼女は真剣だった。

「普段はおとなしいのに意外とサボり癖もあるし、真面目なんだか不真面目なんだか、よく分からん」

当時のことをぼんやり思い出す。本当に噂になったのなら、掃除当番の件だろう。何せ宿題は倉橋さん以外に頼んでない。倉橋さんの旧姓が僕の名字と近く、席も近かった。頼み事をしていたのはそれだけの理由であり、別に深い意味はまったくない。

「まぁ、でも、こういうのは倉橋さんにしか頼まないよな」

「そうなん？」

「うん。見た目に反して、面白いし優しいから頼みごとがしやすい。あと、腐れ縁」

「なんだよ、それ！」

正直に言うと、思い切り蹴飛ばされた。そろそろ撤退したほうが良さそうだ。

「マジ分からん。そんなお前と付き合ってる頼子さんもだいぶ変わってる」

「それこそ失敬な」

しかし、いろいろと思い当たることがあるので勢いは続かない。すると、その隙をつくように倉橋さんはさらりと反撃してきた。

「あ、そういや聞いたぞ。監視カメラで昼飯チェックしてるって？　めんどいことやってるよなー」

「え？」

あたりを見回し、前のめりに訊（き）く。

「それ、誰に聞いた？」

彼女は一瞬面食（めんく）らった。でも、すぐにいたずらっぽくニヤリと八重歯（やえば）を見せて笑う。

「頼子さんに決まってんじゃん」

その答えはなんとなく予想していたが、僕はとっさに頭を抱えた。

五品目　締め切りあとのズボラ丼

——最後に、将来の展望を聞かせてください。

あの日、それまでもつっかえながらインタビューに答えていたのだが、その質問にはさらに答えが出ず、行き詰まってしまった。考える。そして、迷う。沈黙が続いていく。

リドルの編集記者、垣内頼子の目が細くなり、僕は苦笑でごまかした。すると、彼女は頬を緩めて気さくに笑った。

「まぁ、そんなこと言われても困っちゃうよねー」

「すみません」

「ていうか、まだ緊張してるの？　もっとリラックスしてよ。これで最後なんだから」

「あー……いや、そういうことじゃないんですけど」

数ヶ月にわたる密着取材の最終日だ。彼女と一緒にいる時間は長く、オフィスにいるときはもちろん訪問の仕事にもくっついてきていたし、仕事が終わったら「じゃあ、今から飲みに行こっか」と強引に街へ連れ出される。そんな時間を経ているから緊張感はない。どちらかと言えば、インタビューに答えられない後ろめたさが勝っていた。

「……あの、垣内さん」

誰もいない会議室。僕と彼女しかいないから、上司や同僚の目を気にすることもない。

少し声を低く落として、言葉を吐き出した。

「――僕、この仕事、辞めようかなって思ってるんですよ」

「えっ?」

彼女の両目がこぼれそうなほど大きく見開かれた。

それが、たった一年前のこと。

＊＊＊

「へー、そういうことがあったのか」

目の前で倉橋さんがニヤニヤと笑う。

なりゆきで話がそこまで及び、僕は気まずくコーヒーをすすった。頼子はペラペラとおしゃべりで、僕が止める間もなく馴れ初めを語っていく。

麹野町のショッピングモールへ買い物に来ていたところに、倉橋一家と出くわし、それから自然と近くのカフェでお茶することになった。

休日の午後はのんびりと時間が過ぎていく。七月に入れば陽の入りが遅く、時間感覚が緩みがちだ。

倉橋さんの旦那さんと子どもたちはカフェの前にある公園で遊んでいる。大柄で体格のいいひとで、小さな子どもふたりを軽々持ち上げていた。そんな様子を見ている間にも、頼子と倉橋さんの会話がますます弾む。

「そもそも頼子さんはどうして殿を取材しようと思ったの？」

倉橋さんは人懐っこく訊いた。このふたり、三月に越してきたころからすでに意気投合して仲がいいのだが、どうも裏で僕の過去に関してあれこれ話し合っているらしい。そして、ついに先日、昼飯チェックのことがバレてしまった。このネタで今以上にいじられることは火を見るよりも明らかだ。

頼子が僕をチラッと見る。なんのアイコンタクトだったのか分からず、僕は曖昧に笑う。頼子は思案顔で口を開いた。

「味陽にはそれまでも何度か取材に行ってたんだけどさ、ちょうど修くんが二年目で、ようやくお仕事に慣れてきたかなって感じでね。まぁ、食品開発部でネタがありそうなひとって、修くんくらいだったのよ。そもそも『フレッシュマンにインタビュー』っていうテーマがあって――」

そういう経緯で僕が選ばれたわけだが、実情、食品開発部内部では「真殿が暇だから」という理由で押し付けられたに等しい。

「企画部の佐藤くんだっけ？　そのひともいたから、修くんにべったりってわけじゃなかったんだけど、なんだかあたしたち、ずっと一緒にいたよね」

頼子はニパッと朗らかに笑った。向かい合う倉橋さんの目がこちらを見る。微笑ましそうな表情がおそろしく似合わない。

「倉橋さんって、他人の惚気に興味ない人種だと思ってたのに」

つい言ってみると、倉橋さんは愉快そうに笑った。

「だって殿は中学の同級生だし、過去のあれやこれやを知ってるから、めちゃくちゃ楽しい」

「あたしも修くんの話が聞けるから超楽しい」

頼子も調子よく続く。そんなふたりを一瞥し、僕は一言だけ投げた。

「悪趣味だよ……」

　ちなみに、僕が中学時代に倉橋さんにかけた迷惑のあれやこれやも頼子には知られており、どうやら僕の予想以上に情報が渡っている可能性がある。さすがはフリーライター。情報収集能力がずば抜けている。

「んでさ、これが一番聞きたかったやつなんだけど、ほら〝監視〟の話」

　倉橋さんの声は標準より大きい。

「あぁ、〝監視〟ね。うん。継続中だよ」

「ちょっと、頼子」

　思わずたしなめようとするも、ふたりの会話のスピードに追いつけない。

「初めて聞いたときはびっくりしたなー。でも、昔から『天然番長』だし、さすが殿って思った。こいつ、こう見えて横暴なんだよ。頼子さん、危なくなったらこっちに逃げてきていいからな」

「モラハラ的なやつ？　あはははっ。ないない。むしろ、修くんに見られてるほうがいいもん。でないと、結婚できないし」

「え？　なんで？」

　頼子の言葉に、倉橋さんが前のめりに訊く。すると、頼子は嬉しそうに言った。

「あたし、食べ物に無頓着なのね。で、食べ物に厳しい修くんが『シンパイだー、シンパイだー』って青い顔して、お昼ご飯を食べるようにお願いしてきたの」

「それは、結婚したあともそんな生活だったら心配だっていう話で……！」

　思わず割りこむと、ふたりが頬杖をついてニヤッと笑う。

「おーい、こんなとこでプロポーズしないでくださーい」

　倉橋さんの裏声には、たっぷりの冷やかしが含まれている。本当に居心地が悪い。ものすごく帰りたい。でも、頼子のカップにはまだコーヒーが残っている。

「でも、そんな心配性で大丈夫なん？　今からそんなじゃ、ヤバくない？」

「へ？」

　倉橋さんの問いに、頼子が首をかしげて僕を見る。僕も頼子をチラッと見る。ピンとこない僕らに、倉橋さんは笑いながら続けた。

「だって、そんな心配されたら鬱陶しいじゃん。なんでひとりの時間にもあーだこーだ心配されなきゃいけないんだよ」

　鬱陶しいって……本人を目の前にしてする話じゃないだろう。そういう話こそ僕のいないところでやってくれ。

　すると、頼子が「えー？」と困惑した。

「そうかなぁ？」

「アタシだったら結婚やめるね。過剰な心配は不自由の始まりって、うちのママが言ってたもん」

「何それ、格言みたい」

倉橋さんの言葉がツボに入ったらしく、頼子はテーブルを叩いて笑った。

僕はなんとリアクションしていいか分からず、意味もなくスマートフォンを出してホーム画面を開く。もう十七時半を過ぎようとしている。それでも外は明るく、一向に夜の気配がない。

「頼子、そろそろジンジャーの飯の時間……」

やんわりと催促(さいそく)してみるも「あぁ、そうね」と素っ気(そっけ)なく答えて、切り上げようとはしない。僕はやっぱり外の公園を眺めるしかなかった。

無邪気に遊ぶ親子を見ると、僕も近い将来はあっちにいるんだろうかと考えることがある。

いつかは頼子と結婚したい。でも、こんな僕に彼女の夫という大役が務まるのか自信がない。まぁ、こういうのは人生の一大イベントとも言えるわけだから焦って決めても良いことはないし、この生活がまだしばらく続いて欲しいとも……思う、ような。

参ったな。初めのころはこんなじゃなかったのに。

倉橋さんの言うとおり、僕は過剰な心配性かもしれない。流されるまま始めた昼飯チェックも今や日常の一部。頼子が昼間にどんなものを食べているのか気になって仕方がない。それは確かに、普通じゃない。

彼女のためと言いながら、実は僕が満足できるように彼女が付き合ってくれているだけかもしれない。頼子が「結婚」というワードに敏感になったのは、同棲を始めてからだ。それまでは居酒屋で飲み語らい、仕事で走り回るのが好きだと言っていたのに――

＊　＊　＊

付き合う前、まだ僕たちが出会ったばかりのころ「どうして初対面のひとと簡単に仲良くできるんですか」と訊いたことがある。すると彼女は当然のように自信たっぷりな笑顔で言った。

「あたし、取材相手との交流には結構力入れるんだよねー。ほら、懐に潜りこんじゃえば、そっちのほうが情報をもらうのに手っ取り早いから」

それは、どこまでも仕事一筋な彼女らしい働きかただった。

「真面目な話、あたしはコミュニケーションとるために、必ず仕事終わりに飲みに誘ったり、お茶に誘ったりするの。お互いを知り合って、そのひとの内面を引き出す。それを知って初めていい記事が書けるんだよ」

　そんな話を居酒屋のカウンターで並んで、ビールを飲みながら聞いていると、僕はさらに自分の仕事に自信が持てなくなった。

　そもそも仕事に対する熱意がなく、言われたことをやればいいと無意識に考えていて、真面目にその日の業務はこなしてもそれ以上のことは着手したいとも考えない。好きでもない仕事をやるのは面倒で飽きてしまう。『Viaggiatore』を辞めてからはとくに何事にもやる気が起きず、しばらくフリーターをして暮らしていた。

　居酒屋の調理スタッフ、ファミレスの調理補助の掛け持ち。いっそのこと別の仕事をしようと一念発起して、コンビニでアルバイトをしながら販売系の会社や製造業の面接を繰り返して三年。自分が何も持っていないことに気づいて、自信と落胆が行ったり来たりの繰り返し。

　そんなとき、ふと、駅の片隅に置いてあったフリーペーパーを開いたら、味陽フードマネジメントの特集があった。社員募集をしていたので、気がついたら応募していた。

　そうしてやっと就職したのに——結局、仕事に愛着が湧かない。

だから、頼子の楽しそうな働きぶりが羨ましいやら、妬ましいやら、憧れていた。

そんな最中だったもので、僕が会社を辞めようと思っていることを打ち明けたら、彼女はその日のインタビューをあっさり打ち切った。

「真殿さん、飲みに行こっか」

そう言って、連れていかれたのは会社から近く、彼女が住むアパートの目の前にある和食系居酒屋。最初の日から何度か連れてきてもらった店。

手羽元の甘辛煮、出汁巻き卵、白和え。頼むメニューはだいたい同じで、追加でレタスチャーハンやハムカツなんかを頼んでつまみながら酒を飲む。

煙が立ち上る厨房の近くで、彼女はジンジャーハイボールのグラスを指でなでながら静かに話した。水滴がポタポタと落ちていく。

「別にさぁ、仕事とか会社を好きになれとは誰も言ってないと思うんだよねー。誰もが好きなことができるわけじゃないんだし、うまくいかないときのほうが多いでしょ。あたしだってそうだよ」

「でも、垣内さんは好きなことを仕事にしているんでしょう？　僕から見たら羨ましいですよ」

眩しくて見ていられないのが正直なところ。でも、彼女の笑顔に救われることが多くなり、たった二ヶ月の間で、上司にも同僚にもできない悩み相談をする仲になっている。

「側面だけで判断しちゃうのはもったいないよ。会社のひとが嫌いだとか、嫌なことされたわけじゃないんでしょ？」

この二ヶ月、彼女も僕らの働きぶりを見ていたからこそ、確信ありげに説得してくる。そんなことを言われたら頷くしかなく、なんとも言えない。

「嫌いな作業の中にも、ほんのちょっとの楽しさってもんがきっとある。なんでも後ろ向きに考えちゃダメ」

「でも、こう……ふとしたときに、僕の居場所はここじゃないなって思うことがあるんです」

僕の言い分はいつまで経(た)っても子どもじみている。しかもそれを頼子がゲラゲラと笑うから、悔しくなってビールを一気に飲み干した。

夜が深くなり、顔に出ないくらい酒に強い彼女の頬(ほお)がほんのり色づき始める。

「えーっと、なんで調理師を辞めたんだっけ？」

僕が烏龍茶(ウーロンチャ)に切り替えたころ、やんわりと訊ねられた。

「もう何度も言いましたよ」

「あ、そうだった。ずぅぅっと下積みさせられて退屈すぎて辞めたんだっけ？」

彼女はグレフルソルティのグラスを傾けて、氷をカランと勢いよく回す。機嫌よく「くふふ」といたずらに笑い、グラスを置いてメガネを外した。

その刹那、なぜだか頭の中が真っ白になった。メガネ越しに見る普段とは違う、彼女の優しい目に捕まってしまい、しんみりした空気も手伝って僕の頑固な心が簡単にほぐされていく。

「もうこの際、なんでもぶっちゃけなよ。どのみち酔っ払ってるし、明日になったら忘れてるんだからさ。大丈夫。プライベートは書かないから」

「いや別に、垣内さんを疑ってるわけじゃない、ですけど」

目をそらそうと、慌てて烏龍茶(ウーロンチャ)を見下ろす。ほとんど残っておらず、底のほうに微かにあるくらいだ。小さな氷の粒が溶け出していくのをじっと眺めていると、彼女はやや改まって囁(ささや)くように訊(き)いた。

「会社を辞めたい理由は、やっぱり前のところと同じ？　結果が出せないから辞めるの？　つまんないから？」

「そうですね……でも、本気になってないから、そんなこと言える資格は……」

「本気ねぇ。あなた、仕事は真面目なのにやる気がないもんね。考えもせず、与えられたことをやってるだけって感じがバレバレ」

おっしゃるとおりです。安原さんも湯崎さんも部長もそんなことは一言も言わないけれど、そういう目で見られているのはなんとなく感じる。しかも外部の彼女にもそう見えるということは、僕は思ったよりも態度に出やすいのかもしれない。

動揺を悟られまいとほぼ空っぽのグラスに口をつける。氷をひとつ含んで舌の上で溶かす。鈍くなった思考を引っかき回し、それにつれて焦りも出てくる。彼女を絶対に見ないように、たどたどしく話した。

「どうしても愛着が湧かないんですよ。昔は自分の将来に希望を持っていたこともあります。こんなはずじゃなかった。僕もいつかメインのキッチンに立って、料理を作って客を唸らせる……そういうプロの料理人になりたかった」

子どもっぽい幻想を話しているという自覚はある。こんなつまらない話でも、頼子は黙って聞いてくれる。

メガネを取った彼女は思わず惚けてしまうほど無防備だ。いや、僕のほうが無防備か。胸に溜めていたものを一旦吐き出したら、思いに反して次々と心情があふれ出ていく。

「子どものころはそんなことを思ってた。でも、きちんと勉強してからは、僕が作る料理を、誰かに食べてもらいたいと思うようになった。単純に食べてもらいたかった」

もちろん絶品とまではいかないだろう。ひとの味覚は同一じゃないから、一定の評価をもらえるとも限らない。一筋縄ではいかない厳しい世界だって分かってる。でも、僕の料理が口に合うひとだっているはずだから、それを信じていた。いつかそうなると思っていた。

しかし、現実は甘くない。毎日が必死で、朝から晩まで働いて疲れ切って考えることすらままならないし、そのまま自動的に朝を迎えて同じ作業を繰り返す。勝負もまともにできない地道な時間だった。

「見限るのが早かったんです。もう少し粘って頑張っていたらもしかすると、今も厨房に立っていたかもしれない。上司に認められていたかもしれない。ひたすら仕様書と睨み合っているような毎日じゃなかったかもしれない。そう、思ってます」

情けない話だ。そんな根腐れた心のままだから、いつまで経ってもうまくいかない。

「……夢っていうのは残酷だよね」

静かにひっそりと言う彼女の声は少し重い。ちらりと窺うと、彼女も氷だけになったグラスを眺めていた。目を細める横顔が、グラスの底ではないどこか遠くを見つめている。

「純粋に思うからこそ余計に。芽が出なくて、その芽も摘まれたら、何を糧に生きてけばいいんだか分からない。誰も彼もがやみくもに突っ走れるほど強くないんだし。何か強い力に阻まれているような運のなさを恨んで、腐っちゃうのは当たり前だよね」

なんだろう。彼女の言葉は実感がこもっていた。それが意外に思えてしまい、またギャップに素直に驚いた。

「でもまぁ、真殿さんの心が死んじゃう前に辞めてよかったんだよ。今は情けないと思っても、今の仕事が嫌いでも、それでもね、自分が信じて好きになったものを嫌いになるよりいいじゃない？」

横顔をじっと見つめた。息をするのも忘れて黙って彼女を見ていた。その時間がなんだか永遠に感じられて、いつまで彼女を見つめていたのか――

そんな言葉を投げかけられては、頑なに強張っていた何かがほろりと解けてしまった。

無性に目頭が熱くなる言葉だった。

「料理、今でも好きなんでしょ？　でなきゃ、食に関する仕事をしたいとは思わないだろうし。いっそ嫌いになってしまえば苦労することもなかったんだろうけど、でも、やめられないんでしょ」

すとんと腑に落ちた。ささくれ立ったものが急になくなったように、呆れるくらいあっさりと納得してしまう。

見えているようで見えていなかったこと。料理が好きだという単純な感情が一気によみがえった。

「あぁ、そっか……そうだ。うん。本当にそうだ」

なんで見抜いてしまうんだろう。僕と彼女の時間は浅くて、ともすれば同僚よりも接する時間が短いのに、どうして分かるんだろう。

彼女は照れたように唇を舐めて笑った。

「いやぁ、あたしもね、こんな仕事辞めてやるーって何度も思ったんだよ。好きなものほど仕事にすると大変で。こだわりたいし、早く一人前になりたいし、酷評されたら落ちこむし、それが怖くて書けなくなるときもある。好きだからこそ信念があるし、誰にも否定されたくないもんね」

声は軽くも言葉はズドンと重たい。僕は顔を引きつらせて、喉をごくりと鳴らした。

「でも、それだと仕事にならない。自分だけの箱庭じゃないんだから、妥協しなくちゃいけない場面もある。そりゃ、歯がゆくてムカつくけどさ、なんとか呑みこんで、それをバネに次に繋げていく。そしたら、見えなかったものが見えてきたりするんだよ」

そう言って、おどけるように指で双眼鏡を作った。そのまま僕を覗きこんで、キリッと口を結ぶ。でも、すぐにふにゃりと緩んで「でへへ」と笑った。

彼女の目は、きっと僕とは違う世界を見ている。その世界を僕も見てみたくなり、彼女の目を覗くように訊いた。

「例えば、何が見えるんですか？」

その質問は想定外だったのか、彼女は少しのけぞった。

「えーっと、それこそ、ほんのちょっとの楽しさだよ」

「楽しさ……僕にも見えるようになるかな」

「なるよ。真殿さんは理想が高いのかもね。そりゃ、いきなり派手なことやったらスベるのは当たり前なんだし、まずは着実に目の前の壁を壊していけばいいじゃない」

「壁……目標みたいなもの？　どんな目標を立てたらいいですか？」

さらに訊(き)くと、彼女は面食(めんく)らったように僕を見た。赤い頬(ほお)が艶(つや)やかで、ふっくらとしている。それを間近(まぢか)にすると、ドギマギと落ち着かなくなってくるのですぐに目をそらした。

「例えば、お金を稼ぎたいとか、昇進したいとか、お客さんに喜んでもらいたいとか、身近なひとのために頑張るとか。なんでもあるよね。家族のため、ささやかな幸せを維持するためとか。スターやヒーローとは程遠くても、少しずつ目標をこなしていけば、いつかは何かしらのプロにはなれるでしょ」

「そんなことでいいの？」

「そんなことって、簡単に言うけど大変だと思うよー？　ま、今のあたしの養う家族は猫ちゃんだけだし、好きなことを思い切りやれる段階なんだけどね」

僕にはどれも無縁そうな気がした。でも、それまで眼中になかったものばかりで、言われてみれば大事な目標にも思える。

「垣内さんは、次の目標があるの？」

「あるよ。夢とまでは言わないけど、着実に将来の理想に近づいてる感じ」

どこまでもまっすぐな彼女の目が、やっぱり羨ましい。無邪気そうに見えて、現実的でひたむきな姿勢が本当にかっこいい。

正直このときは、果たしてこの気持ちが憧れなのか恋なのか判断できなかった。でも、彼女に対する好感がさらにぐっと上がっていたので、ますます感情に流されてしまう。

彼女のまっすぐな目は僕を見てはいない。視界に入っているはずなのに、彼女の目はやはり遠い。高いものを見ようとしがちとは言うが、彼女の視点に早く追いつきたいと先走ってしまう。

そんな僕の心情をよそに、彼女は力を抜くように肩を落としてうなだれた。

「実は、あたしねー……会社辞めるんだぁ」

「え？」

夢から覚めたような気がした。ここまでの会話をぶち壊すほどの破壊力があった。

彼女は申し訳なさそうに笑う。

「仕事は辞めないよ。二十代のころから漠然と考えてたんだよねー。三十歳になったら会社辞めるって。組織のしがらみとか、役職を任されたりするのが嫌で。もっと思い切り好きなことするの」

「はぁ……それは、フリーランスのような？」

「そうそう。だから、真殿さんには偉そうなこと言ったけど、言いながらちょっと迷ってしまった。あはは」

「なんでそんなことを僕に？」

どうせ、この仕事が終わったらもう会うこともないのに。

酒が入っているせいか、お互いに心の波が不安定だ。強くて弱い、そんな波が漂う。

頼子はしばらく何も言わなかった。言葉を考えているようで、グラスに口をつけて氷を含んで噛み砕く。僕と同じことをしている。

「んー……なんていうか。この仕事終わったら、もう会えないわけだし、最後の仕事でもあるわけでね。それに、真殿さんには嘘つけなくて」

「なんで？」

「なんでだろーね。分かんない。見栄張って、かっこいい大人を演出しとくのも気持ちいいんだけど、どうにもむず痒くて」

そして、ボソボソと含むように言った。

「これ、他のひとには内緒だからね？」

人差し指を立てて恥ずかしそうに笑う。その笑顔に、まんまと心を鷲づかみにされた。

＊＊＊

倉橋さん一家と別れて、僕と頼子は小路母川沿いの道を歩いて帰路についた。桜の木は青々と茂っていて、今は夕暮れのオレンジが強いので影のようになっている。

「ねぇ、頼子」

「んー？」

柔らかに返す彼女の声は上の空だ。頼子は川の中を覗きこみながら、僕に手を引かれて歩いている。

「今日は頼子が晩飯、作ってくれるんだよね？」

「そうだよー」

あんなに仕事熱心で偉そうに仕事術を述べていたころとは大違いで、今やおとなしいのんびり自由人だ。それはそれで僕にプレッシャーがなくていいんだけど、彼女自身それでいいのかどうなのか、本当のところはちょっと分からない。

「あ、見て！　魚が跳ねた！　ねぇ、修くん！」

まぁ、深く思いつめているということはないんだろうし、むしろのびのびとしていて楽しそうなんだけど。

「頼子、急がないとジンジャーが拗ねるよ」

「あぁ、そうだった。あいつ、怒ったらしばらく抱かせてくれないからねー」

夏の暑い盛りで、ジンジャーも抱かれたくはないと思う。あの毛玉は寒い時期に恋しくなるよな。いや、あのかわいさは国宝級だが。

頼子は川の中を見つめていた。僕はその手を引いて、先を歩く。まさか、こうも立場が逆転するなんてあの頃は夢にも思わなかった。

付き合うようになって、一緒に住むことになって、頼子が会社を辞めて、ここまでの時間はあっという間だった。

一緒にいればなんとなくお互いのいいところや悪いところが分かるようになる。最初から弱点を見せ合っているものだから、そこも幸いして気取らずに済んでいる。

ただ、どうしても分からないのは彼女が考える最良の生活だ。そもそも、今の彼女は幸せなんだろうか。彼女は、僕とこのまま一緒にいてくれるのだろうか。そうじゃなければ、いつか幸せにできるんだろうか。そんな考えこそくだらなくて、おこがましいんじゃないか。

家に着き、僕は買い物した食材を冷蔵庫にしまっていた。キッチンでは頼子がジンジャーの夕飯を準備する。足元では頼子のジーンズに爪を立ててジンジャーが「のぉぉぉん」と催促していた。猫用の深皿に猫缶とほぐしたササミをのせる。足元に皿を置くと、ジンジャーはガツガツと夕飯を食べ始めた。

「さぁ、今日はこんな時間だし、ちゃっちゃとご飯作っちゃおう!」

時刻は十八時半。今から調理をしても、十九時台には出来上がるだろうに。そんなツッコミは野暮だと思い、僕はのんびりとソファに座ってテレビを観ることにした。しかし、この時間はバラエティ番組が少ないので、チャンネルを変えてもとくに観たいものがない。

頭の中は少し前のことを回顧しており、ちょっとばかりセンチメンタルになっていた。

――また会いたいです。明日も、明後日も、ずっと。

付き合うようになったのは、彼女との仕事が終わってしまい、打ち上げの帰りにとっさに言った僕の言葉から。

一世一代の告白だったのに、ずいぶんとあっさり無意識に放った言葉だった。もう二度と彼女に会えない気がしたから、なんとしても繋ぎ止めておきたかった。

――もちろん。こんなあたしで良ければ。

頼子の答えもあっさりしたものだったが、当時は本気に取られてなかったように思う。僕らの始まりは、なかなか曖昧でふわふわしていて、なりゆき任せなところが多かった。

と言うのも、その翌日から彼女となかなか連絡が取れなくなったからだ。

時間にルーズでメールの返事が遅い。生活のリズムが合わなくて、とくに頼子は引き継ぎの関係で仕事が忙しかった。まともに顔を合わせたのは付き合って一ヶ月後だったろうか。電話もろくにつながらないし、そもそも初めての電話は夜中で、頼子が締め切り前に突然電話をかけてきて、長々とその相手をしたというものだった。

そうだ。あの取材がなければ頻繁に会うこともできない関係だった。僕の心配性はきっとそこから始まっている。

ここまでの道のりはあっという間だったけど、すれ違いの時間が多かったせいか、僕は彼女のことを十分に信頼していないのかもしれない。

「ねぇ、頼子」

キッチンで野菜を洗う彼女に言う。

このままじゃいけない。お互いに。

「なーに？　どうしたの？」

頼子が穏やかに訊く。

「そろそろ〝昼飯チェック〟やめない？」

結論から先に言った。あれこれ考えていたものだが、答えはすんなりこれに行き着いた。

頼子の手が止まる。「えっ」とわずかに息を呑む。それに対し、僕は笑いを交えながら続けた。

「ほら、だって、最近はちゃんと忘れずにご飯食べてるんだし、僕もこれから仕事で忙しくなるし」

「なんで急にそんなこと言うの？　倉橋ちゃんにああ言われたから？」

「うーん。それも、あるかも」

嘘はつけないから正直に言うしかない。

すると、頼子は呆れたように「何それ」と小さく言った。その声は刺々しく、もしかすると初めて聞く彼女の怒りだった。

「でも、いつまでもそうしてられないだろ。僕は頼子のことを信じてるからさ……」

なだめようとへらっと笑ってみるも、彼女は眉根を寄せていた。その不機嫌な表情を読み取り、たちまち顔が引きつってしまう。ぎこちなく口の端を上げると、頼子はぎゅっと水道を止めた。彼女の目は揺れ、そして、何も言わずに包丁を握る。ザクッと野菜を切る音がキッチンに響きわたった。

あぁ、不機嫌による無言の作業が開始する。まずい。

ひりつく空気を瞬時に察したが、もう何も言えなくなった。黙ったままテレビに目を向けて逃げる。

キッチンでは、僕を責めるように絶え間なく包丁の刃が茎を切っていく。トントンとまな板を叩き、やがてザラザラと包丁で野菜を集めてザルに落とす。

卵の殻を割る音がやけに大きく、きっとボウルの中で黄身が潰れているんだろうなと想像する。僕はキッチンを見なかった。テレビを見ているふりをして、けれど耳ではしっかりキッチンの音を聞いている。

頼子はボウルの中に割り入れた卵を菜箸でかき混ぜ始めた。カッカッと小気味よく鳴る菜箸の音。そして、すぐにチューブをしぼる不気味な音がした。ボフッと何かが吹き飛んだ。荒い。荒々しい。何を作っているのかはまったく分からない。

卵がよく混ざったようで、彼女はコンロの火をつけた。サラダ油の匂いがする。ジジッとフライパンが温まる音がしたあと、卵液を流しこんだ。ジュワッと熱が弾けていく。フライパンを動かして菜箸でかき混ぜているので、どうやら炒り卵を作っているようだ。

僕はいよいよキッチンを振り返った。頼子はこちらの視線には気づかない様子。

「……風呂、入れてくるよ」

別に言わなくてもいいのだが、なんとなく声をかけると、彼女は「うーん」と生返事した。その際、キッチンを覗いてみると、頼子はザルに入れていた緑が濃い野菜をフライパンに放りこんだ。

「ニラ玉でも作ってるのかな……」

風呂を簡単に洗い、シャワーで泡を流しながら現実逃避する。いや、考えるべきはそれじゃないだろ。

昼飯チェックをやめることがそんなに嫌なのだろうか。

なんで、そこまで続けたがるんだろう。倉橋さんも言ってたけど、普通はあれやこれやと干渉されたくはないものじゃないか。

だいたい、頼子は干渉されるのが苦手なはずだ。家族の干渉もめんどくさがってて、僕との交際も僕から言わなきゃ始まらなかった。付き合ったあともそうだった。指摘しなきゃ気づいてくれないことが多い。

それを人から干渉されたくないし指摘もされたくないのだと受け取ったから、彼女が普段どうやって仕事をしているか知らない。つい先日もSNSで湯崎さんと仕事のやり取りをしていたけど、前もって知らされていたわけではないし、僕が訊かなければ申告しようともしない。

そう考えると、彼女の交友関係やら仕事相手やらが気になってきてしまう。家で仕事をしていること以外分からないからなおさらに。気になる。考え始めるともう気になって仕方ない。

だって、頼子が教えてくれないから。

いや待て、そこまで踏みこんでどうするんだ。いくら恋人だからって、彼女のすべてを掌握していいわけがない。でも現状、僕は昼飯をチェックするだけの存在とも言えるわけで……僕の考えは間違ってる？　じゃあ何が正しいんだ？　いやいやいや、だからなんでそんな考えになるんだよ。

一旦、冷静になろう。シャワーの水を止めて、風呂の湯を入れる。風呂場を出て、足を拭いていると、ジンジャーがちょこんと座って待っていた。

思わず濡れた手のままでジンジャーの頭をなでる。それでも彼は嫌がらず、僕の手に頭をこすりつけるので愛くるしい。なぐさめるようにペロペロと指を舐めてくる。

「はぁ……あーもう、お前のご主人はよく分かんないよ」

猫は気まぐれと言うが、僕に言わせたら頼子のほうが気まぐれで不可解だ。

ジンジャーを抱いてリビングに戻ると、頼子はツナ缶をフライパンに向けて振るっていた。そして、軽く混ぜて火を止める。フライパンの中身を皿に盛り付けるのかと思いきや、卵液がわずかに残ったボウルに戻していた。再びフライパンを火にかける。彼女の辞書には使ったフライパンを洗うという言葉はなく、今度はごま油を引いて、軽く熱し始めた。

その様子をキッチンの端から眺めている。すると、ふいに頼子が顔を上げて持ち場を離れた。

「どいて」

そう言われてしまえば慌ててどくしかない。頼子は僕が立っていた場所まで来て、何をするかと思えば冷蔵庫を開けた。そして、今日買ったばかりのササミのパックを取り出す。

「あ、待って。それはジンジャーの」

言いかけると頼子は目を細めて僕を見た。見たことがないくらいに冷ややかな無言の圧。夏場の暑い夜だというのに背筋に寒気が走った。

「……なんでもないです」

二度ならず三度までもジンジャーのササミが使われる。腕の中にいたジンジャーが「のぉぉ」と何かを察したように鳴いた。

無慈悲にも、頼子はササミを四切れすべてフライパンに並べてしまい、その上から塩胡椒を振っていく。

すまん、ジンジャー。明日忘れずに買ってきてやるから、今日も許してくれ。

心の中で謝っていると、ジンジャーが抗議するようにジタバタと暴れて逃げ出した。

＊＊＊

数分もすれば味噌の香りがしてきたが、どうも熱が足りないと感じる。そのわけはすぐに分かった。

「修くーん、ご飯できたよー」

時間が経てば頼子の声もだいぶ明るくなり、現金な僕はすぐにキッチンへ飛んだ。

二つのどんぶりにはツナ入りのニラ玉が盛られており、二つのお椀（わん）には豆腐、ごま、ネギ、大葉がてんこ盛りの冷汁（ひやじる）。そして、犠牲となった焼きササミにはわさび醤油が塗られてあった。

今日の夕飯はニラ玉丼と焼きササミ、冷汁(ひやじる)というメニューだが……違和感だらけでツッコミを入れたくなる。が、何も言わずにダイニングに運び、配膳もささっと済ませる。

頼子は冷蔵庫から缶ビールを出していた。その背中に思わず声をかける。

「あ、ついでにオクラのおかか和えも出して、ください」

昨日作っておいた副菜を今日中に使い切りたい。頼子は「はいよー」とこれまた機嫌よく返してくれ、タッパーをそのままダイニングに置いた。

僕の分の麦茶を用意し、そうしてようやく顔を突き合わせて座る。

「いただきます」

ほぼ同時に手を合わせた僕らは、ほぼ同時にどんぶりに手を伸ばした。

白米の上にニラ玉、しかもツナ入りというのはなんとも見慣れない。それに、魚嫌いの頼子がツナに手を出すのも意外だと思う。でも、これを言うと絶対に機嫌を損(そこ)ねそうなので、何も言わずに頬張(ほおば)った。僕はどうしようもなく小心者だ。

見た目と同様に味付けもシンプルだ。ほのかに醤油が効いている。卵を噛むとふわっと甘い。でも、砂糖の甘さだけじゃない。これはマヨネーズだ。

卵液(らんえき)にマヨネーズを入れると、火を入れたときにふわふわになってくれるので、僕も出汁(だし)巻き卵を作るときにほんの少し入れる。この卵もふわふわしていて舌触りがいい。ニラは言うまでもないが、ツナとの相性も抜群にいい。

今度は冷汁(ひやじる)に手を伸ばす。七月にもなれば窓を閉め切ってエアコンで調節しているものの、やっぱり汗ばむもので、こんな時期に熱い味噌汁なんて飲みたくない。

しかし、この冷汁(ひやじる)には要とも言えるキュウリが入っていない。キュウリが苦手な頼子だから入れる気がなかったんだろう。

それに本来、冷汁(ひやじる)はツナやササミなんかを入れ、ご飯にかけて食べるものだ。これがニラ玉丼と焼きササミという組み合わせで出されているから余計に違和感でしかない。飲みやすくていいんだけど。いいんだけどもさ。

ネギと豆腐とごまをすり潰しており、かつお節をこれでもかというほど使っている。さっぱりとした味わいなのは、刻んだ大葉が入っているからか。

頼子はご飯をおいしそうにかきこんでいた。しかし、僕がササミへ手を上げると、彼女の目が鋭く光った。

「あ」

「え、何？」

先ほどのこともあり、僕の反応はより敏感になる。しかし、それは杞憂(きゆう)だったらしく彼女はあっけらかんと言った。

「ひとり二つまでね」

「あぁ、はい……」

「修くん、何をそんなにビクビクしてるの」

「え？　いや、別に？　そんなことはないけど」

平静を装った。しかし、頼子は僕の心情を見透かしているようで、疑心たっぷりに半眼で見ている。

僕はササミを取って、そのままかぶりついた。わさび醤油の風味がツーンと鼻を通っていき、思わず目をつぶる。ゆっくり噛んで食べていくと、素朴で単純な味なのに無性にビールが飲みたくなった。

僕は普段、夕飯で酒を飲まない……でも、この献立はずるい。居酒屋で飲むような酒のあてに最適なおかずだ。

「飲む？」

頼子が自分の缶ビールを差し出してきた。ニヤニヤと笑っており、なんだか彼女に踊らされているような気分になってくる。

「いただきます……」

一口だけもらう。わさびの香りと塩辛い味を一掃するような爽やかな麦芽の味が喉を通っていく……ダメだ。一旦、飲んだらもう止まらない。

僕は観念するように冷蔵庫へ行き、缶ビールを出した。

プシュッとプルタブを起こしていると、頼子が楽しげに「ふふふ」と笑う。それだけでコロッと安心できてしまう。

「今日のご飯はね、あたしがまだ会社で仕事してた時代によく食べてたんだよねー」

「あぁ、どうりで。時短で済むし、酒が欲しくなるわけだ」

「締め切りのあと、お腹が空いたときに、パパッと作ってすぐにありつけるやつ。修くんが絶望スパゲティをストレス食いしてたように、あたしも昔は定期的にこれを作って食べてたの。まぁ、冷汁は、汁物がないと修くんがごねるかなって思ったから、なんとなくでつけただけ」

一言余計だ。でも、その気遣いはありがたい。やっぱり、夕飯には主菜と副菜、汁物がベストだし。なんだかんだバランスにこだわっているなぁとつくづく思う。

「でも冷汁って、ご飯にかけて食べるものだよ」

場が和やかになったからか、僕の口は勢いよく滑っていった。

「へ？」

頼子の目が丸くなる。

「あ、やっぱり知らないで作ったんだ。冷汁（ひやじる）は焼き魚とかツナとかササミを入れるし、キュウリも入れるし、ご飯にかけて食べるんだよ」

そこまで言うと、頼子は「へー」と感心したように唸（うな）った。瞬間、僕の足元にガツンと衝撃が走る。

「痛っ！」

「なんでそう揚（あ）げ足をとるかなぁ。修くんって、たまにそういうとこあるよねー。あ、もしかして倉橋ちゃんが言ってたのって、こういうことかなぁー」

笑いながら言う頼子が怖い。そんなに強く蹴られたわけじゃないけど、不意打ちだったからものすごく驚いてしまった。

しかも、その発言はいただけない。それを言うならそっちだってそうだよ。

「あたしの冷汁（ひやじる）はこうなの。ニラ玉丼は二十代の思い出なの。もはや頼子スペシャルフルコースよ。異論は受け付けません！」

「分かった、分かったから。すいませんでした」

素直に頭を下げると、頼子は「ふふふ」と勝ち誇ったように笑った。

うーん、やっぱり頭が上がらない。悔しく思いながら、僕はニラ玉丼をかきこんだ。

「まぁ、そういう感じで、今まで食事にこだわってこなかったわけでね。締め切り前なんて、夕飯抜くこともあったし、食べても翌日になったら何食べたか忘れてるし、こうしてご飯を楽しむって概念がなかったの」

頼子は懐かしむように言い、ビールを一口飲んだ。ごくんと喉を鳴らして「ぷはー」と息をつく。いい飲みっぷりだ。

「気分でご飯作って、適当に済ませて。『リドル』を校了したあとは、チームの子たちと飲みに行ってたんだけどね。それでも頼むのはおつまみだけだし、お酒がメインって感じでさ。こうして誰かとゆっくりご飯を食べるの、まだまだ慣れないんだけど楽しいなって思ってるよ」

「それは、良かった」

まぁ、ひとりで飯を食うというのは味気ないものだ。それが当たり前になればなおさら。惰性で栄養を摂取するという経験は僕にもある。

すると、頼子は少しだけ目を伏せて言った。

「あたしね、修くんのこと、大好きだよ」

「ん？　うん……なんだよ、改まって」

不覚にも自然と顔が緩んでしまう。それまでの不安が一気に解消するような安心感がありまったく嫌になるくらい現金だなと我ながら呆れる。

あんなにもだもだと悩んでいたのがバカバカしくなってしまい、僕も彼女の気持ちに答えようと調子よく口を開いた。

しかし、言いかけた言葉は、頼子の憂い顔に似た表情と声にかき消される。

「修くんがご飯チェックやめたいなら、それでもいいよ」

きっぱりと、そう言われた。

六品目　ふたりのはじめてご飯

あれから、彼女は何事もなかったように元気な様子で、一瞬見せたあの憂いが一切ないから僕もつっこんで訊くことができず、日だけが過ぎていった。

「やめてもいい」という言葉どおり、僕は翌日から昼休みにスマートフォンを見ることをしなくなった。

と言うより、自席にいることもままならなくなった。企画がいよいよ大詰めになってきたので、取引先を交えての打ち合わせも多くなっている。今日はチームメンバーとの最後の会議。

明日から始まるデパートのプロモーションイベントと、連動したインターネットホームページの運用について綿密な打ち合わせをする。たぶん、終わるのは十五時くらいか。それが終わったら、仕様書のまとめと企画部から回ってきた新事業のメニュー考案。とにかく、やることが多いので頭がまったく休まらない。

「安原さーん、真殿さーん、ミーティング始まりますよー」

企画営業部の汐田さんがわざわざ呼びに来てくれたので、昼休みはお預けとなった。ノートパソコンと水のペットボトルだけを持って会議室へ。

「大変そうですね、そっちは」

コンビニのおにぎりを開けながら、湯崎さんがのんびりと言った。これに、安原さんが勢いよく反応した。

「あんたもこっちに来ていいのよ?」

「やー、俺は急いだり忙しくなるのは嫌なんで。頑張ってください」

しらっと返す湯崎さんに、安原さんは「ふんっ」と分かりやすく鼻を鳴らした。そして、苛立たしげに部署を出ていく。そのあとを追いかけた。

「あーもう、ムカつく! 素直に『お疲れさまです』って、言えないのかなぁ。ねぇ?」

彼女は怒りと悔しさをぶつけるように僕に言った。

「あぁ……でも、湯崎さんっていつもあんな感じですよね……」

どちらの味方もできないので、ふんわりとした言葉しか返せない。階段を下りる道すがら、安原さんは鼻息荒くイライラしていた。

他人の苛立ちは伝わりやすい。それでなくとも安原さんは普段から口調が厳しいし、態度もきつい。とくに、忙しいときには一番触れてはいけない。まるでナイフのようだ。

そんな安原さんの機嫌を損ねないようにすることに必死で、無駄に気を使う時間が増えていく。

頼子の飯どころか、自分の食事さえ考えていられない。

＊＊＊

「ごめん、頼子。今日も夕飯作れそうにない」

十八時になって、僕は休憩室で電話をかけていた。安原さんは会議室で燃え尽きたようにぐったりしていたので放置してきたところだ。

『あらら－、そうなの？　んじゃ、適当になんか作るね。何時になりそう？』

訊かれてしばらく考える。頭の中は、とっちらかったままだ。

あれをやって、これをやって、そしたらこのくらいの時間で終わるか……いや、メールも返さないといけないし……

「ごめん、分かんない。書類も片付けないといけないし」

『そっかぁ……分かった。適当に作っときまーす』

「うん。ごめん。じゃあ、そういうことで」

なんとなく逃げるように通話を切る。

すると、休憩室の入り口から安原さんがじっとこっちを見ているのに気がついた。

「うわっ」

「うわって何よ」

驚く僕に、安原さんの唇がとがる。しかし、その口はすぐに気を抜いたように緩んだ。

「とりあえず、今日はお疲れさまってことで。ま、私らの大きな仕事はここまでなんだし、あとは企画部と広報部に任せましょ」

「そうですね……」

でも、通常業務も積み重なっているわけで、話はそう楽観的にはいかない。そんな僕の不安を察知したのか、安原さんは髪の毛をかき上げて、呆れた息を吐いた。

「明日にしちゃってもいいのよ？　湯崎に任せちゃってもいいんだし。あいつ、ムカつくからさー」

「いや、それはちょっと」

さすがに自分の仕事を押し付けるのは違うと思う。すると、安原さんは「あははっ」と盛大に笑った。

「やーね、冗談よ」

「そうでしたか、はぁ」

どうも僕は激しく疲れている。安原さんのほうは大きな仕事が一段落したので、いくらか肩の荷が下りたようだ。幾分、さっぱりとした顔に戻っている。

「じゃ、私は帰るわ。仕事は明日に回す。今日まであリがとね。お疲れさまぁ」

「お疲れさまでした」

「この仕事が終わったら、みんなで打ち上げだからね」

そう言って、安原さんは手を振って優雅に休憩室をあとにした。あのひとは厳しいが、切り替えも早いから憎めない。

よし、コーヒーでも飲んでもうひと踏ん張りするか。

自動販売機でブラックの缶コーヒーを買い、食品開発部へ帰る。前職は残業上等だったのに、今は定時の十八時となると自動的に気が抜けるくらいには、この会社に馴染んでいる。

いくらか気を緩めたまま廊下を抜け、クリアなドアを開ける。瞬時に目を疑った。

珍しいことに湯崎さんがいる。定時上がり厳守の、あの湯崎さんが。天変地異の前触れか。

「どうしたんですか、定時過ぎましたよ」

堪らず声をかけると、湯崎さんは眉間にしわを寄せ、人相悪く睨んできた。

「知ってますけど」

いつになく素っ気ない。

湯崎さんはノートパソコンでメニューの考案をしているようだった。

「まぁ、しわ寄せってやつですよねぇ。安原さんと真殿さんが忙しいから、細かいものがごちゃごちゃとこっちに回ってくる」

「あぁ……それは、申し訳ないです」

持っていたコーヒーを思わず後ろに隠してしまう。それもバレバレで、湯崎さんは「はぁ」と深いため息をついた。

「何謝ってんですか。仕事なんだから、別にこれくらい大丈夫っすよ。ま、安原さんは俺のありがたみに気づくべきだけど」

後半の言葉が刺々しい。昼間のことがまだ尾を引いているのか、それとも僕が電話をしている間に安原さんとひと悶着あったのか。ありうる。

なんとなくいたたまれないので、苦笑いしながら自分の席に戻った。コーヒーの缶を開ける。一口どころか一気にぐいっと飲み干した。冷たく苦い飲み物が疲れた体にしみ渡る。

「そういえば、昼飯チェックやめたらしいですね。大丈夫なんですか？」

湯崎さんは手を止めて訊いてきた。

「えーっと、なんで湯崎さんがそのこと知ってるんですか」

つい険のある言いかたになってしまった。すると、湯崎さんは悪気もなさそうに言った。

「垣内さんに聞きました」

また頼子か。いや、その経路しか考えられないけど。

まったく、本当に口が軽いな。彼女の交友関係が僕の職場圏内なのが非常にやりづらい。

「他になんか言ってました？」

この際、どこまで筒抜けなのか聞いておこう。

「いや、それくらいです。ていうか、最近の垣内さんはちょっと元気がないですね。仕事に差し支えるから困りますよ」

聞き捨てならない言葉に思考がフリーズする。頼子はＳＮＳへの投稿で不調が知られるほど切り替えができないタイプではないし、そもそも湯崎さんから頼子への依頼はもう終わったはずだ。僕の様子に、湯崎さんは眉をひそめて不思議そうに言った。

「聞いてないんですか？　垣内さん、うちの会社の宣伝ライターになるんですよ。一年の契約で。もともと、うちの広報部と親しくしてたから、だからよく『リドル』に載せてもらってたんですし。そのよしみで」

聞いてない。そんな話は初耳だ。

頼子はどうして仕事の話をしてくれないんだろう。いや、仕事だけじゃない。教えて欲しいことは、いつも僕から訊かないと教えてもらえない。

僕が頼りないから話してくれないのだろうか。僕はいつも彼女のことを考えているはずなのに……そんな思いが渦巻いていき、胃が急によじれそうなくらい痛んだ。

少し顔をしかめて腹を触ると、湯崎さんが不審そうに顔を覗きこんできた。

「真殿さん、顔色悪いっすよ。マジで大丈夫ですか？　ろくに食ってないみたいだし」

コーヒーには胃腸を刺激する作用があるという。空腹なのにコーヒーを飲むのは良くなかった。

「まぁ、安原さんにこき使われて大変そうですよね。今日はもう帰ったほうがいいんじゃないですか」

「いや、でも、仕事が残ってるんで」

別に明日の朝早く来て片付けたっていい。でも、なんだか変な意地を張ってしまう。

空腹だって、気にしなければいいだけのことだし。

「そうっすか」

湯崎さんはふんと興味なさそうに鼻を鳴らし、パソコンに向き直った。

僕も集中しようとパソコンに向き合う。これが終わるまでは帰らないなんて無謀な目標を立ててキーボードを叩く。

食品開発部はしばらく静かな時間が過ぎていった。

残業の僕と湯崎さんはそれからとくに何も話さず、淡々と仕様書と資料を作っていく。時折、ダイコクの店長からメールが入ってくるので、その対応をしていると、いつの間にか外は薄暗がりに変わっていた。

気を抜くと「ぐぅぅ」と腹が鳴る。それは湯崎さんも同じだった。静かな空間に気の抜けるような音が邪魔だ。

しかし、ほったらかしにしても腹は正直である。交互に音が鳴り、気にしないようにしていても終いには大合唱になっていく。

もはや無言でいるのも限界だ。そう思っていると、唐突に湯崎さんの毒舌が飛んできた。

「ちょっと、真殿さん。腹鳴らさないでくださいよ。うるさい」

「はぁ……そっちこそ、昼飯食っといて腹鳴らさないでくださいよ」

「うーわ、口答えしてきたよ。ふてぶてしい。心配して言ってやってるのに」

「心配してるようには聞こえませんでした」

疲れているときは誰でも気が立つものだ。とくに空腹は良くない。らしくない返答をしてしまって申し訳ないが、たまには僕だって言わせて欲しい。

しかし、僕の態度になぜか彼は小さく噴き出した。

「真殿さん、ほんと変わりましたよね」

「ん……？　そうですか？」

何が変わったのかよく分からないので、素直に首をかしげてしまう。集中が切れたので、湯崎さんも僕も椅子にもたれてパソコンから目を離した。

「なんつーか、前は誰とも馴れ合う気がない感じだったから。安原さんと話してたんですよ。近寄りがたいし、どう接したらいいか分かんなくて。懐かしいな」

湯崎さんはわずかに口元を緩めた。

「安原さんと一緒にちょっかいかけてみたりして、でも無反応だからつまんねーなって思ってたんですけど。佐藤と同じくらい絡みづらいなって」

「そんなこと思ってたんですか」

驚きの証言に、僕もつい噴き出した。裏でそんな話をされていたなんて知るよしもなく、またそんなふうに思われていたことも気がつかなかった。

でも、言われてみれば、前よりも会社での居心地がいいような気がする。もう辞めようとは思ってないし。

「それも、垣内さんのおかげなんですかね」

湯崎さんは付け加えるように言った。その声に元気はなく、羨むような響きがあった。

じっとりとした目で見られる。まさかとは思うが、一応訊いてみよう。

「あの……前から思ってたんですけど、湯崎さんって」

「変な誤解しないでください。俺、修羅場とか無理なんで」

みなまで言うなとばかりに全否定される。しかし、納得がいかない。

「じゃあなんで、頼子のネタで僕を揺するんですか。わざとですよね？」

「そりゃ面白いから」

単純明快な回答に、僕はひっくり返りそうになった。なんだ、からかわれてるだけだったのか。どこか安堵しつつも、まだ納得がいかない。

「だいたい、垣内さんみたいなひとは面倒そうで嫌です」

湯崎さんは悪気なさそうに、なおも続ける。

「だって、昼飯チェックしろとか、結婚せがまれたりとか、めんどいです。よく耐えてますね、真殿さん」

いろいろとツッコミを入れたいところはある。まぁ、前から彼は悪気がなく、ズバズバとものを言うし、飄々としているし。ただ、ここまで言われっぱなしなのは癪だ。

「じゃあ、湯崎さんはどんなひとが理想なんですか。そんなこと言ってたら、誰とも付き合えませんよ」

「んー。まぁ、そうなんですけどね……」

湯崎さんは真面目に腕を組んで天井を見上げた。意外と真剣に考えている。

僕は盛大に噴き出した。こんな話を湯崎さんとする日が来ようとは思わず、またこの状況の異様さが面白い。笑いが堪えられない僕に対し、彼はやはり真面目に答えを出した。

「趣味が合うひとがいいかな。価値観が合うひととか」

「湯崎さんと価値観が合うひとって、なかなかいなそう」

そもそも、自分と価値観が合うひとに巡り会うことなんて滅多にないと思う。僕だって、頼子とは最初こそ価値観が似てると思っていたのに、今では遠のいているように感じている。

それを思うと、笑いが急激に枯れた。ため息がこぼれる。

「頼子は、そんなに面倒なひとじゃないんですよ。確かに食べ物の好き嫌いは激しいけど、それ以外は手がかからないし。自由奔放でおおらかで。僕なんかいなくても、本当はいろんなとこに飛んでいけるひとなんですよね」

「あぁ、そういう恋愛相談はやめてください。俺、アドバイスできるほど経験ないので」

すぐに遮られてしまい、その素早さに唖然とするも自然と笑えてしまった。すると、湯崎さんは調子よく自虐を披露してくる。

「隙がない、融通が利かない、面白くないとフラれ続けているもんで。そんなヤツに話したところで解決しませんよ」

「あー、それは解決しなそう」

しかも改善しようとも思っていないようで、彼の性格も難儀なものだ。

「それにしても湯崎さんって、どうして安原さんにあんなに突っかかるんですか？」

昼間のこともそうだが、彼は毎日何かと安原さんに余計な茶々を入れては叱られている。

「別にそんなつもりはないっすよ」

湯崎さんは白々しく答えた。

「いやいや、そんなことないでしょ。わざと仕掛けているような、そんな気がし……」

そこまで言って口をつぐむ。時すでに遅し。

湯崎さんは、まるで虫けらでも見るような目で僕を見ていた。確かに安直に安原さんへの好意と解釈しようとした僕も悪いが、よくもまぁ、他人にそんな目を向けられるものだ。

「何バカなこと言ってんですか。さっさと仕事してください」

うーん、難しいな。距離感がイマイチつかめない。

苦笑しながらパソコンに向き直る。それまで紛れていたはずの空腹が急に襲いかかり、胃腸が「ぐうぅ」と強く抗議した。

湯崎さんが先に帰ったあと、少しして入れ替わるように戸高部長が部署に戻ってきた。

「まぁ！　いつまでダラダラ仕事してるの。帰りなさい。ほら、さっさと帰る！」

慌ただしく追い立てられては、パソコンの電源を切るしかなかった。時刻はすでに二十時半。

「まったくもう、根詰めて残業しないでよ。私が上から怒られちゃうでしょう」

「すみません」

笑顔で毒のある咎めを受けては萎縮してしまうものだ。帰り仕度をしていると、戸高部長は反して自分のデスクに座ってパソコンの電源をつけた。

「部長は帰らないんですか？」

「私はみんなが帰ったあと、静かに仕事するのが好きなの。うるさい電話もないし、メールも返さなくていいもの。気楽に作業できるのよ」

「そうですか……」

部長、さっきの言葉に説得力がなくなりました。

地味に不満を抱いていると、部長は和やかに訊いてきた。

「あとどのくらい仕事が残ってるの？」

「えーっと……ダイコクさんとメールのやり取りが終わらないので、その返信と、あとは企画部と食品事業部からのメニュー発注の返信と、細々したのがいろいろと」

「明日で良さそうね。別に焦らなくていいわよー」

部長は柔らかく微笑んだ。その笑顔につられて笑うも、ぎこちなく頬が引きつるだけだった。有無を言わさない笑顔の前で「まだやります」とは、とても言えない。

「それじゃ、お疲れさま。しっかりご飯食べて休んで、養生しなさいね」

「はい。お気遣いありがとうございます。お疲れさまでした」

軽く会釈すると、部長は手を振って笑った。ドアを抜けて廊下に出る。その間際、僕はなんとなく振り返った。

「あの、戸高部長」

「んー？　なぁにー？」

「今回の企画、どうして安原さんのアシスタントに僕を選んだんですか」

　かねてから気にはなっていた。イベントものに慣れていない僕が安原さんのアシスタントとして、会社の一大企画に参加させてもらうことになった理由を。

　こういうのは社歴も長い湯崎さんにやってもらうほうが効率が良かったんじゃないか。安原さんの足手まといになっていたように思う。

　戸高部長の表情は一つも変わることなく、仏のような笑顔のまま。それを見ていると、自分が出した言葉の卑屈さに情けなくなった。

「すみません。部長の采配（さいはい）に納得していないとか、そういうつもりはなく」

「ううん。そんなこと気にしないでいいわよ。あなたももう三年目なんだし、堂々と仕事しなさい。自信持って」

　その言葉に重さはなく、むしろ軽すぎて拍子抜けした。


　いや、やっぱり分からない。でも、考えたって分かるわけがない。

　腹は鳴るし、外は蒸（む）し暑いし、頭の中はまとまらないし、腹は減ってるし。

　電車に乗って、空いた席に座ってかばんをかかえて目を閉じる。情報の処理が追いつかない。それに、なんだか家に帰るのに気が重い。

飯……飯か。そう言えば、湯崎さんが奇妙なことを心配していた。頼子の元気がないって。僕の目が届かなくなって、また頼子が昼飯を抜いていたら嫌だな。でも、そんなことはないと思うし、第一、自分のことを棚に上げて心配するのもおかしな話だ。

僕は頼子を信用する。何も不安はない。

「はぁ……」

なんでこんなことを考えているんだろう。

寝落ちしてしまいそうになりつつ、なんとか橙門までたどり着き、電車から降りたら足元のおぼつかなさにびっくりした。空腹は敵だ。今、まさにそれを実感している。

ここから歩いて帰るのかと思うと気が遠くなるな。ちょっと腹に何か入れて帰るか。

そうして自然と足がコンビニへ向かい、無意識のうちに惣菜パンを選んで、蒸し暑い外へ出た。むわっと熱気が顔に当たり、嫌気がさす。パンの袋を開けて、かじりながら家路をたどった。

小路母川の並木がザワザワと音を立てる夜の下、ひとりで歩いていると不安が広がっていく。頼子に会いたいような、会いたくないような。

とにかく、こんな気持ちで家には帰りたくない。

＊＊＊

トボトボと家までたどり着き、重い気持ちのまま鍵を開ける。

「――ただいま」

玄関を開けると、マットの上ではなく、フローリングにジンジャーが寝そべっていた。

その向こう側、リビングへつながるドアの前に頼子の手がある。

手？　なぜ手が倒れて……倒れてる⁉

「えっ？　頼子？　頼子！」

慌てて靴を脱いで部屋に上がり、フローリングに倒れる彼女を抱き起こす。

すると、彼女は待ち構えていたかのようにパチッと目を覚ました。

「おかえり、修くん」

「た、ただいま……？」

何がなんだか分からず、とりあえず彼女を見つめたままでいる。

頼子は「ふふふ」と笑って僕の鼻をつまんだ。

「んもう、帰りが遅いし、連絡もないから待ちくたびれてたんだよ。それに、フローリングに寝そべってると冷たくて気持ちいい」

そんなことを笑いながら言われると、張っていた気が一気に抜けてしまい、僕は彼女の腹の上に頭を落とした。

「心配させるなよ……もう、ほんと、あぁもう」

「何よ、修くんったら、心配しすぎでしょ。心配性もここまでくると重症だなぁ」

どうやら彼女はふざけたつもりだったらしい。反論する気力もない僕は、顔を上げて口を結んだままでいた。

「ん？　修くん、何か食べてきたの？」

こういうときに限って嗅覚が鋭いな。咎めるような言葉に耳が痛い。

「……昼、食ってなかったから」

出てきた声がぶっきらぼうになった。

「はぁ？　あなた、あたしには食事がどうのって言ってるくせに、食べてないの？」

「忙しいんだ」

「えー？　忙しくても食えって言ったの、あなたでしょ」

「そうだけど」

僕は頼子から離れた。今、責められるときつい。

そんな僕の心情を察してくれることはなく、頼子はここぞとばかりに僕を追いかけてきた。

「それに、あたしには連絡しろって言うくせに。ご飯食べてくるなら、そう言ってくれたっていいじゃない」

「食べたって言っても、コンビニで惣菜パン買っただけだよ」

かばんをクローゼットに放りこんで、逃げるように洗面所へ行く。手を洗って、ため息を落とす。しかし、心が休まる間もなく、頼子の視線に気がついた。じっと探るような目が痛い。

「何？」

「修くんが珍しくイライラしてるから様子を窺っている」

痛いところを突かれた。こうも真っ向から指摘されると逃げ場がない。とりあえず、目だけは合わさないようにした。ますます分が悪い。

黙りこんでしまうと、頼子は少し声音を低くさせて言った。

「ご飯、食べるの？」

「……食べる」

「じゃあ、早くこっちにおいで」

その言いかたはまるで子どもを相手にするような響きがある。頼子が出ていき、僕もふてくされたまま、遅れてダイニングに向かった。

キッチンに立つ頼子の様子を盗み見る。どんぶりに何かをよそい、電子レンジに放りこむ。少し強めにボタンを操作し、冷蔵庫から無言で麦茶を出した。グラスに注いで、ダイニングテーブルについた僕の前に置く。これを無言で受け取って喉に流しこんだ。惣菜パンを食べたせいで喉がカラカラに渇いている。

「はい」

電子レンジで温まったものを目の前にドンと置かれる。少しへたった卵とじ。大ぶりな鶏肉が顔を覗かせる親子丼だ。

「……いただきます」

用意された木のスプーンでご飯をすくって口に運ぶ。ほどよくしみ渡った出汁の味が舌を転がっていき、つゆだくのご飯と卵、鶏肉を夢中で食べた。

その間、何も考えていなかった。目の前で僕を見る頼子の表情すら目に入らなかった。

「まさか、お腹空いてイライラしてたの？」

それだけじゃないけどな。でもまぁ、そういうことにしといて欲しい。

返す余裕もなく飯をかきこむ。それをどうも不機嫌だと捉えられたようで、頼子は「もう！」と不満そうにその場から離れた。ソファに座られては、互いの顔色がまったく分からない。

頼子はテレビをつけた。バラエティ番組がやけに大声で笑い、しばらくその音だけが部屋の中を流れた。

無言の食事は異常に早く済んでしまう。どんぶりの底が見えてくると、テレビはコマーシャルへと移り変わった。そのとき、頼子がぽつりと言った。

「修くんに話したいことがあったのに」

ソファの向こうから聞こえる。

「……何？」

訊いてみるも、頼子は振り返らない。

あぁ、気まずい。疲れているときにこの状況は本当にこたえる。僕もなんだか意地になって、それからはひたすら黙りこんでいた。

＊　＊　＊

翌日、頼子はやっぱり僕が家を出るまで眠っていた。あれから本当に口をきいておらず、僕はよそよそしくも「行ってきます」だけを告げて玄関を出た。

七時半だというのに外は熱気であふれていて、セミの声がジワジワとやかましい。そんな真夏日の中、急いで駅まで行き、改札を抜けてホームへ。列に並んで一息つく。

今日はタイアップ企画の初日だ。デパートの催事場で試食のイベントがあるから、着慣れないスーツを着ている。普段はラフな格好だから、こういう堅苦しいのを身にまとうと、気持ちの入りかたが変わる。昨日のことをいつまでも引きずっていられないし、とにかく今日は集中しないと。

電車に乗って、橙門の町から遠ざかる。ぐんぐん近くなるビル群が、なんだか巨大な柱に見えてきて、そのどれもが太陽の光を跳ね返していて眩しい。

電車で二十分の距離。安原さんや戸高部長に比べたら通勤時間は短いほうらしいけど、この長さは割と暇を持て余してしまうので、どう時間を潰したものか困る。

結局、何もしないままぼうっと麹野町にたどり着いた。

この町は会社が多いので、土曜日でもビジネスマンと分かる格好のひとがいる。同じ格好をして歩くと、僕は何者でもないような錯覚を起こした。それだけでも、ちょっとだけ緊張が紛れそうだ。

会社の玄関ホールをくぐって、清掃員さんに「おはようございます」と挨拶し、事務部へ行って社員証をもらって、軽く話をしてエレベーターに乗る。

三階にある食品開発部のフロアまで上がって、そこでも清掃員さんがいたので挨拶して、足早に廊下を進んで部署へ。すると、部長が一番乗りでデスクについている。いつもの光景だ。

「おはようございます」

「おはよう。早いわね」

「昨日残した仕事をやってしまいたいので」と言いながらパソコンを立ち上げてメールのチェック。

「おはようございまーす」

次に来るのは安原さん。今日はいつもよりきちんと髪を束ねて、ビシッとしたシャツとタイトスカートで登場だ。

「さー、今日は張り切っていこー！　ね、真殿！」

メールのチェックをしている最中に、思い切り背中を叩かれた。ビリビリとした痺れが駆け巡る。かなり気合いが入った。よし。ちょっとは気が晴れたかもしれない。

「はよーござーます」

始業ギリギリで湯崎さんが気だるそうに入ってきた。

彼は今日も社内にこもるようで、Tシャツとハーフパンツだった。こちらの気合いとは裏腹にラフすぎる。

「やばいっすよ。今日の気温、四十度近くまで上がるっぽい。マジ勘弁なんですけど。七月じゃねーよ、ほんと」

「ちょっと、士気が下がるようなこと言わないでよね。あんた、今日はどこにも行かないじゃない」

「だって、気分的にきついじゃないですか。意味分かんねー暑さの上、そんな暑苦しい格好見せられちゃ堪（たま）んないんで、さっさと出てってください」

安原さんの言葉にいつもと同じ刺々（とげとげ）しい反応をする湯崎さんに、僕は「まぁまぁ」とよく分からないフォローをする。そんなやり取りをして、始業チャイムが鳴って、僕と安原さんは「行ってきます」と一緒に部署を出ていった。

＊　＊　＊

イベントはデパートの開店時刻である十時から始まる。それまでに企画営業部とデパートの担当者たちとバックヤードでミーティング。催事場（さいじじょう）の設営は前日にデパート側の業者さんと企画営業部が済ませており、決め味クックソースの二十四色パッケージが華やかに並べられていた。

担当の安原さんと佐藤くんが主にクックソースの製造元である業者さんたちの相手をし、他の企画営業部のメンバーはデパートの担当者たちと一般客に試食の提供をする。楽しそうにあっちこっちを行ったり来たりする汐田さんの動きが俊敏だ。

僕はと言うと試食の盛り付けがほとんどで、時折やってくる営業部の質問に答える。細かい材料やレシピの詳細などを聞かれ、意外と忙しい。

時間はあっという間に過ぎて行き、気がつけばもう昼時だった。土曜日ということもあり、これから客足もさらに増えるだろう。

「あ、いたいたー。おーい、殿ー！」

聞き覚えのある声がざわつきの中から響いた。僕はすぐに音源をたどる。

通路から人波をかき分けてやってくるのは、ライトグリーンのキャップをかぶった倉橋さんだった。その前をバタバタと走ってくるのが五歳のお兄ちゃんで、妹のほうは倉橋さんの腕に抱かれており、おとなしくしている。

「来てたんだ」

「来てやったんだよ。普段なかなかここまで来ないんだけどな……あ、こら！　純希(じゅんき)！　そこ入っちゃダメ！」

簡易キッチンの中に入ってこようとする純希くんを受け止める。僕にあっさり捕まってしまい「うぉぉー！」とたくましく暴れるも、なんとかキッチンへの侵入は防いだ。

「まぁ、大変だよね。橙門からここまでは」

僕は試食用のエビトマト炒めの小皿を渡した。

「あ、エビ大丈夫なんだっけ？」

「うん、ふたりとも超大好き。いただきまーす」

倉橋さん親子はキッチンの横でおいしそうにエビトマト炒めを食べた。

「うっめー！」

倉橋さんにそっくりな声で純希くんが笑う。

「〝うめー〟じゃなくて〝おいしい〟でしょーが。んでも、これ、すげーうめーな」

「それは良かった」

親子揃って同じ反応に、つい噴き出した。

三歳の妹のほうはちょっぴり人見知りで、床に下ろされても、じっとその場に立っていた。お母さんからフォークでエビを食べさせてもらい、もぐもぐゆっくり食べて、恥ずかしそうに微笑む。

「ちびっこたちも気に入ってるみたいだし、盛況で良かったな」

「本当にね。なんとかここまでこれたよ」

仕事はかなり充実している。僕だけの力じゃないけど、手応えを感じられて楽しい。

「でも、よくここでイベントやってるって知ってたね。東田店長から聞いた？」

絶望スパゲティの小皿を用意しながら訊いてみる。ミニフォーク一巻きを親子に渡すと、あっという間にぺろりと平らげた。

「うーん、いや、店長じゃなくて」

倉橋さんの歯切れが悪い。

「おかしいな。さっきまで一緒にいたんだけど……」

「誰と？　旦那さん？」

「いや、違くて」

彼女はちらっと後ろを振り返った。しかし、すぐに向き直って笑う。

「なんでもない」

「なんだよ、やけに含むなぁ。友達とか？」

「あー、うん、そうそう。そんな感じ」

どうも不自然な言いかただ。僕は探るように、足元の純希くんを見た。しかし、小皿を掲げて「エビおかわり！」と無邪気にせがまれるだけで、推測のしようがない。

それから倉橋さんと子どもたちは全種類の試食をたっぷり食べ、クックソースの購入はせずレシピのQRコードだけを土産に催事場をあとにした。

ピークの昼も過ぎ、十五時を回るとイベントもそろそろ終盤だ。僕と安原さんは一足先にバックヤードへ行った。

「あー、死ぬ。もう二度とヒールなんて履くもんか」

横でヒールを片足脱いでいる安原さんは、表情が死んでいた。キリッと結い上げていた髪の毛もほどいてしまい、はしたなくストッキングの中で指を曲げ伸ばししている。それから目をそらし、僕もシャツの襟を緩めた。ネクタイは性に合わない。

「ほんと、企画部はすごいよねー。一日ずっと笑顔でまだ元気よ。信じらんないわ」

僕らとは違ってスーツ姿でも全然疲れた様子を見せない企画営業部の面々に、安原さんはため息をついた。

そのとき、見知った男性社員がバックヤードに入ってくる。企画営業部のボスのお出ましだ。

「あ、相田部長が来た。やったぁ、帰れるぅ」

わずかに高揚した声で言った安原さんは腕を「うーん」と伸ばした。

「やー、お疲れさーん。安原、今日は本当にありがとう！」

童顔の相田部長は愛嬌たっぷりの笑顔で僕らに駆け寄った。

「いやぁ、もう、ほんとお疲れなんですけど。疲れました、相田部長。おもに佐藤のお守りが。おたくの部員、融通きかなすぎなんですけどー」

「あーははは、それについてはなんとも言えねぇよ。許してやってくれ。あとでジュースおごるから」

おごるという言葉をもらい、安原さんは今日一番の笑顔を部長に向けた。ジュースだけで気分が持ち直すくらい疲れているらしい。

「よう、真殿もお疲れさん。慣れない仕事任せてごめんなー」

僕にも労いの言葉をかけてくれる相田部長。子犬みたいな人懐っこさがあり、ついつい笑いがうつってしまう。

「あ、そうそう。あのパスタ、超うまかったよ」

僕が提出した絶望スパゲティのことだろう。

「ほんとですか！」

つい前のめりに訊くも、相田部長はくもりのない笑顔で親指を立てる。

「ほんとほんと！　お客さんも『おいしかった』って言ってたよ。うちの部でも大好評だしな。ま、これからも頑張れよ！」

「ありがとうございます」

おぉ……なんだろう。疲れた体にジーンとしみる。この嬉しさを誰かに伝えたい。

すぐに浮かんだのは頼子だった。でも、昨日のことを思い出して笑顔が引きつる。

そんな僕の背中を思いっきり叩いた相田部長は、バックヤードに戻ってきた企画営業部たちのもとへ走っていった。

「はーい、お疲れさまでした。みなさん、今日は本当にありがとうございました！　企画部は明日もよろしくお願いします！」

その挨拶（あいさつ）により、ようやく今日のイベントが終わった。

どうにか滞（とどこお）りなく済んだが……やっぱり、僕は裏方専門だ。慣れた顧客を相手にするのとは違い、たくさんのひとの前でただ突っ立っているだけでも疲れてしまう。笑顔も引きつるし、表情筋が死ぬ。企画営業部のひとたちが笑顔で応対しているのを見て、ただただ感心するばかりだった。

それにしても、いつもは何かといがみ合う佐藤くんと汐田さんが珍しく笑い合っているので、今回の仕事は大成功と見えた。

「じゃ！　私、相田部長にジュースおごってもらうから。ちょっと待ってて」

ヒールを履き直した安原さんが言う。そして、パタパタと企画部の中へ入った。軽く挨拶して、すぐに輪から出てくる。どうやら相田部長はあらかじめジュースを買っていたらしい。なんて用意がいい。部下に慕われる理由が分かる。

安原さんは戦利品のオレンジジュースを振って笑顔で戻ってきた。その後ろで手を振る企画営業部の面々に、僕は小さく会釈した。

「お疲れさまでした」

これで少し肩の荷が下りた気がする。

＊＊＊

「そう言えばさ、ここ最近スマホ全然見てないようだけど、もうあの監視はやめたの？」

デパートから出る間際、安原さんが思い出したように言った。

「えっ？」

思わぬ質問に驚いて、声が裏返る。

「いや、だから、監視じゃないですって。それに、もう……」

もうしない。いくらせがまれてもしないし、したくない。なんだか、僕が悪いことをしているみたいだ。

安原さんが目を細めてじっと僕を見る。口元は怪しくニヤニヤしていた。

「え？　なんですか」

「んーん。別にぃ？　真殿くんも成長したのねぇ」

「はぁ……成長、したんでしょうかね」

自分で言いつつ、なんだかしっくりこない。

成長したのか？

確かに仕事の面では頑張るチャンスをもらったこともあって、精を出すことができた。逐一頼子の様子を覗き見ることもなくなって手間もないし、何より罪悪感がない。冷蔵庫の中身が把握できないのが悩ましい、くらい、なんだけど……

まただ。なんで頭の中で言い訳してるんだろう。

「公私共に順調ならいいんじゃないの？」

安原さんの声が思考の中を掻い潜ってくる。

順調……順調、なのか？

ここ最近、とくに昨日の家の中は空気が悪かった。僕は嫌な態度をとったし、頼子も怒っていた。お互いにすれ違いが生じている。それも、今までになく長期的に。

思えば、頼子に「昼飯チェックをやめよう」と言ってから、ぎくしゃくしているような気がする。いや、絶対そうだ。頼子に元気がないのは、そのせいだ。

彼女の心配と、仕事を頑張ることが両立できていない。それなのに「心配」を彼女に押し付けて仕事に逃げている。かたよっている。

「安原さん」

「ん？」

「前に言ってましたよね。習慣は侮れないって」

「言ったっけ。あぁ、言ったわ。それがどうしたの？」

自分で言ったことなのにあやふやのようだ。眉を寄せて首をかしげている。

一度決めた習慣というのはなかなか抜けるものじゃない。確かに侮れない。だって僕らは、すでに昼飯チェックの習慣から抜け出せない。

「あー、参ったな」

思わず言葉が漏れていた。

「え？　何？　何が？」

安原さんが不審そうな声をあげる。それをかわして、さっさと前を歩いていく。会社に戻って書類を片付けて、早く頼子に会いたい。話したいことがたくさんあるんだ。

でも、そう考えているときに限って仕事のメールの返事が速くて、会社に戻ってもすぐに家に帰れるわけがなく。しかも戻ったのが十六時半で、それから少し休んで報告書を書いたりメールを返したりしていたら、時間は飛ぶように過ぎた。

「じゃ、お先でーす」

十八時になった瞬間、湯崎さんが颯爽（さっそう）と席を立つ。

「あ、お疲れさまでした」

もうそんな時間か。湯崎さんが時報の役割をしてくれるので、いい具合に集中が切れる。

スマートフォンを持って部署を出た。廊下に出てすぐに画面を開いて、休憩室まで早足で行く。結局、今日も彼女の様子は分からない。それでいいと思うし、そのほうがいい。でも、だからといって何も知らないいじゃ、良くない。

メッセージだけだとよそよそしいかな。電話にしよう。

トークアプリの画面を切り替えて、頼子の電話番号を呼び出す。すぐに出てくれるかどうか……

呼び出し音を聞きながら緊張する。

『もしもし』

思ったよりも早く電話に出てくれた。

「あ、頼子、あの」

『どうしたの、修くん。あ、今日も遅くなる感じ？』

すかさず言葉を盗まれる。その声音はいくらか高い。

いつもそうだ。こちらの感情を全部読まれているかのようで、僕は唸るだけしかできない。

『修くん？』

「あ、ごめん。うん。そうなんだ。ちょっと、遅くなる……よ」

『そっかー、んじゃ、今日も適当になんか作るね』

「うん、よろしく……お願いします」

どうにも口が回らない。変にかしこまってしまい、電話の向こうが静かになってしまう。気まずさは最高潮。

しかし、それをすぐに打ち払うように頼子が『ぶはっ』と噴き出した。そして、喉の奥でククッと笑う。意味が分からず、僕は耳にあてがっていたスマートフォンを離して、画面を見てもう一度耳に当てた。頼子の笑い声がますます膨れ上がる。

『あははは！　あーもう、ダメ、笑っちゃう。もう、ふふふっ。あたし、ほんとは怒ってるのよ。なのに、ぶふふっ』

「えー？　待って、なんで笑うの？」

『だって修くんったら、前のあたしみたいなんだもん。それを思い出したの。あー、おかしい』

無駄に身構えて、うろたえて、そして気が抜けるような頼子の笑い声に呆れてしまって、時間差で僕も噴き出した。

電話の向こうで、彼女が「ごめん」としきりに謝っていた最初のころを思い出す。

「そういえば、頼子はいつも謝ってたね」

晴れて付き合うことになったのに、全然会えなかった時期。インターネットで「恋愛について」と検索するほど悩んでいた僕も、次第に遠慮してしまって電話や誘いを避けるようになって……今やすっかり懐かしい。あのときの寂しさとか、恥ずかしさとか、もどかしさが一気によみがえる。

『ねー。前はあたしが修くんにかまってあげらんなくて、いつも謝ってばっかりだったね。それが今じゃ、まったくの逆。思い出したらおかしくって』

笑いは途切れることがない。頼子の明るい声を聞いていると、それまで居座っていたわだかまりが急激に弾け飛んだ。なんか、もう、いろいろ小難しく考えていたこともどうでもいい。

『今日、実はね、倉橋ちゃんと一緒にデパートに行ったんだよ』

笑いが収まったあと、頼子がしれっと言った。

「えっ？　来てたの？」

『うん。修くん、仕事頑張ってたね』

「そっか、来てたんだ……あ、あれね、お客さんに褒められたよ。上司にも」

『見てたよ。おいしかったもんね』

まさか試食までしていたとは。いつの間に。僕がいない間に食べたのだろうか。

「声かけてくれれば良かったのに」

つい拗ねた口調で言ってみる。本当は目の前で食べてもらいたかった。この世で誰よりも頼子の「おいしい」が聞きたかったのに。

すると、彼女は「ふふっ」と照れ臭そうに笑った。

『だって、昨日の今日だもん。昨日言おうと思ってたのに、あんな空気になっちゃったから顔出しづらくて』

倉橋さんの不自然な言いかたを思い出す。あの挙動不審は頼子が原因だったのか。口止めされてたのかもしれない。納得。

「……頼子」

『んー？』

「すぐ帰るよ」

『あら、そうなの？　んじゃあ、今からご飯作るね』

「いや、今日は僕が作るから」

　頼子の好きなものを作ろう。それがいい。それでいいと思う。

　なんだか勝手にスッキリしていると、頼子は電話の向こうで『えー？』と驚きの声を上げた。

『疲れて帰ってくるのに、それじゃなんだか悪いよ』

「ううん。僕が作りたいんだ。だから、ちょっと待ってて」

『そう？　んじゃ、待ってる』

　こういうあっけらかんとしたところに甘えてしまいたくなる。それだけじゃダメなのに。

「じゃあ、またあとで」

『うん、またあとで』

　そう言いつつ、お互い通話を切らない。

「……………」

いっときの間。そして、同時に笑ってしまう。

『……』

「切るよ」

『はいはーい』

ちょっと名残惜しくスマートフォンを耳から離す。画面を見ると、まだ通話のまま。キリがないのでボタンを押して、こちらから通話を切った。

よし、帰ろう。

会社を出るころ、空はまだ青く気温も高いままだった。行き交う人々の疲れた顔や、どこか晴ればれとした顔、ビジネスマンだけじゃなく若い学生たちもこの繁華街にいる。その波をかき分けて、歩道橋を渡って駅までまっすぐ歩く。

家まで電車で二十分と徒歩で十分。途中、スーパーに寄るから、帰りは十九時半になってしまうだろう。帰って料理を作ると、夕飯の時間は早くても二十時台になる。

電車を降りても会社の近辺と町並みは変わらないが、大通りから小道に入れば、たちまちのどかな風景に様変わりする。高層ではないものの、駅前のビルたちが壁となって町を隠している。

橙門まで帰ってきたころには、辺りはオレンジ色に染まっていた。ゆったりと陽が落ちていく。家路へ急ぐひとたちを追いかけるように慣れた道を歩く。遊歩道を横切り、小学校を越える。角を曲がり、年季の入った個人商店を通り過ぎてダイコクへ。

カゴを取って、入り口を入ってすぐにある野菜コーナーでほうれん草を、精肉コーナーでは手羽元のパック。卵は常備してあるから、あとは豆腐だ。ビールも買おう。

カゴに詰めた食材をレジに持っていくと、店長の東田さんがレジ打ちの担当だった。馴染みの店だとどうしてもこういうことがある。

とっさにメールを返しそびれていたのを思い出し、顔をしかめてから笑った。

何を言ったものかためらっていると、東田さんがにこやかに言った。

「あ、どうもー。今日はもうお帰りですか」

「お疲れさまです。すみません、メールは明日返しますね」

「分かりました。毎度どうもありがとうございますー」

あっさりと笑って言われると、本当にただの杞憂だったと分かる。焦って仕事をすればいいってものじゃない。

商品のバーコードを読みこんで、金額を告げられてお金を払う。すると、東田さんはニコニコと笑顔で会釈した。

「では、お気をつけて」

「はい」

僕も自然と笑顔で返した。

今日は仲直りを兼ねて、頼子の好きなものを作る。初めて頼子が食べてくれたもので、何度もリクエストしてくる割に会えなくて、食べてもらえないこともあったほろ苦い思い出の料理。

付き合う前までは頻繁に会っていたのに、いざ付き合い始めたら途端に会えないなんてどう考えても異様だ。しかし、いくら僕が年下と言えど子どもじゃあるまいし、彼女に甘えてみようとは思っていなかった。しつこく「今日は会いませんか?」とでも言えばかわいげがあるのかもしれないが、生憎そんなタイプではないもので、「仕事が落ち着くまでは」と辛抱強く連絡を待つしか道が残されていなかった。

何度も謝られ、何度も期待して、何度も裏切られて、その度に何度も会いたいと願った。彼女の「ごめん」は日に日に申し訳なさそうになり、それを聞くのもつらいから僕が避けてしまって。そういう時間を経て、今がある。

道路を二回渡ると、三角屋根が三つ連なったコーポが見えてくる。三つの部屋のうち、奥の三〇二号が僕らの家。鍵を開けて玄関に入る。買いこんだ荷物をどっさりと置くと、リビングからトコトコと茶色の毛玉が出迎えた。

「のぉーん」

「ただいま、ジンジャー」

首を伸ばすジンジャーの頭を人差し指で軽くなでる。満足そうに目を細めるジンジャーは、ひらりと尻尾をひるがえしてリビングへ入っていった。そして、頼子を呼ぶように「のぉぉん」と鳴く。そのあとを追いかけて部屋へ入る。

「おかえり、修くん」

頼子がソファに寝そべったまま、僕を見上げていた。

「ただいま」

「まさか、走って帰ってきたの？」

クスクスといたずらっぽく笑う頼子。いつもの空気なのに、それだけで罪悪感や気まずいモヤモヤが一気に吹き飛んだ。

照れ隠しに額の汗をぬぐいながら洗面所に行く。軽く顔と手を洗って、戻ってくると頼子がキッチンにいた。そして、炊飯器をポンポンと軽く叩く。

「とりあえず、ご飯だけ先に炊いといたからね」

「ありがとう」

買ってきた荷物を調理台の上に置く。上着を脱いで、袖(そで)をまくる。さっそく夕飯作りに取り掛かろう。

「ちょっとちょっと、着替えてからにしなさいよ」

エプロンを首に引っ掛けようとすると、頼子が慌てて僕のシャツを引っ張った。そして前に回りこんで僕のネクタイを外す。

「ほらほら、あわてんぼうなんだから」

「ちょっと、やめて、自分でやるから」

シャツのボタンまで外そうとするので、その手をやんわり外して脱衣所へ走った。

部屋着に替えて、気を取りなおしてキッチンへ。

「それで、今日は何を作ってくれるのかなー?」

「見てたら分かるよ」

まず、絹ごし豆腐をパックから出して水を切る。そしてキッチンペーパーで包んで、電子レンジで温める。

「ほほう。なんとなく分かったぞ」

頼子はニヤニヤと笑いながら、僕の脇をすり抜けてキッチンを出た。ダイニングから顔を覗かせて、調理の様子を眺める。

豆腐の水切りをしている間に、ほうれん草を洗い、三センチほどに切る。それから小鍋に湯を沸かし、さっと下茹でして水気を切る。

電子レンジで温めた豆腐を出して、水気が十分に取れたらボウルに移し替えて手で潰す。くずくずと豆腐が崩れたら、しぼったほうれん草を中へ。そして、フリーズドライの油揚げもひとつかみ入れて菜箸でさっくり混ぜる。

この油揚げにはあらかじめ、白出汁がたっぷりしみこんである。豆腐の抜けきれなかった水分が油揚げににじむことで、調味料で調整しなくても簡単に白和えが出来上がる。白ごまペーストをスプーン一杯加えて、全体が馴染むまで混ぜたら一旦冷蔵庫へ。

「修くん、本気出したらものすごく簡単に料理しちゃうよねー。いやぁ、さすがだわぁ」

頼子が感心したように言った。

「手をかけるのはもちろん大事だけどね、でもやっぱり時間勝負だよ。それに、早く飯を作って食べさせたいし。お腹空いただろ」

「そうね……修くんが見てないとこでご飯食べるのって、なんだか味気なくて退屈だったし。食べた気がしなかったし」

そう言われてしまうと、うまく笑えなくなる。眉をひそめて苦笑すると、頼子も同じように顔のパーツを中心に寄せて笑った。

さて、次は手羽元だ。今日は八本入りのパックを買った。こいつを鍋の中に放りこんで、フォークの先端で肉をつついていく。水二〇〇ミリリットル、酒一〇〇ミリリットルに漬けこんで、その間に生姜ひとかけを千切りにする。次に長ネギ。この青い部分だけを使う。ざっくり斜め切りにして生姜と一緒に鍋の中へ入れ、次は砂糖と醤油を大さじ三杯ずつ加えて火にかける。

あとは沸騰するまで待って、沸騰したら中火にし、落とし蓋をして煮こむ。頼子が好きな手羽元の甘辛煮だ。

さて、鶏ができるまでにもう一品作りたい。

まず、出汁巻き用のフライパンを熱しておく。その間、ボウルの中に卵を三つ割り入れる。水で薄めた白出汁を一〇〇ミリリットル、砂糖を大さじ一杯加え、菜箸でカツカツ混ぜていく。あまり混ぜすぎないのがコツ。塩をひとつまみ、あとマヨネーズも少々加えて。

フライパンが十分温まったら、サラダ油をまんべんなく引いて、フライパン全体に行き渡るよう卵液を三分の一程度流し入れる。するとジュワーッと熱が回り、卵が泡立った。気泡を潰すように菜箸で軽く混ぜ、卵が固まってきたらクルクルッと巻いていく。

「おぉー、すごーい。めっちゃきれーい」

頼子が身を乗り出して言った。

「あたしね、高校のときに調理実習で出汁巻き卵作ったことあるんだけど、そのとき、砂糖と塩を間違えてしょっぱい出汁巻き卵ができちゃったんだよねぇ」

「なんだよ、そのベタな間違い」

呆れて笑いながら卵を巻いていると、頼子がなおも言った。

「ほんとなんだって。でね、クラスの子たちにからかわれて『垣内は料理が下手』って言われるようになったの。それ以来、出汁巻き卵は作らないようにしてて」

「軽くトラウマになってる？」

「そこまでトラウマじゃないんだけどねー。実際、あの当時は、いじられるのがおいしいって思ってたとこあるし」

まぁ、頼子らしいといえばそうだが。

「僕だったらトラウマになるやつだなー」

「修くんならそうだろうねー。イタリアン辞めてから、ずっと避けてたくらいだし」

「それはもう言わないで」

卵を巻き終わって、再び卵液をフライパンに流す。フライ返しに替えて、もう一度巻いていく。この工程をあともう一回。

横では鶏肉がいい感じに煮立っていた。醬油の香りと、ほのかに甘い砂糖の香りが湯気とともに立ち上る。

卵は二周目もいい具合に巻けた。ところどころ焦げ目がついている。明るい黄色の卵のいい匂い。気分はかなり浮き立ってきた。

「そう言えば、修くんが最初に作ってくれた料理もこのメニューだったねぇ」

頼子がしみじみと言う。そして、苦々しい顔になる。

「思い出した？ 僕が調理師だったって聞いて『じゃあ、お弁当作ってきてよ』って言い出したんだよね。あのときは『何言ってんだ、このひと』ってドン引きしたけど」

「思い出した。いやぁ、あのときはいろいろとお世話かけまして」

最初も最初、インタビューのために会議室に呼ばれ、顔合わせしたときのことだ。話の流れで前職のことを話した途端、頼子の目の色が変わった。あの勢いは忘れられない。

「でもね、修くんったら全然あたしのこと見てくれないんだもん。これからしばらくよろしくねって話をしてるのに、素っ気ないし喋ってくれないし。インタビューにならないから、こっちも手段を選んでいられないし」

「僕、そんなに素っ気なかった？」

「うん。仕事なんて楽しくないし、こんな仕事やってられませんって顔してた」

改めてそう言われると、ほんの一年ちょっと前の自分が小さく見えて笑えてくる。

とは言え、初めて会ったひとに「お弁当作って」と言える頼子のコミュ力も相当だよ。

でも、あれがなければ今の僕はなかったし、僕たちの生活もなかったんだと思うと感慨深いものがある。まさに青天の霹靂。

「あの弁当、あれからもしばらく作ってたのに昼間は食べてくれないし。ちゃんと翌日に箱を洗って返してきてたけどさ」

リクエストを受けて作った弁当を、その場で食べてはもらえなかったけど「ちゃんと食べるから！」と言って強引に持って帰って、頼子は全部平らげて箱を返してきた。そんなやり取りを繰り返し、一週間もすれば仕事帰りに「飲みに行こう」と誘われるようになり、ここでも強引に連れていかれてたように思うが、僕も無下にあしらわずにいた。むしろ、彼女に会うのが楽しくなっていた。

付き合ってから二ヶ月経ってようやく再会したあとも、弁当を作ってくれと言われたが、結局食べてもらえなくて僕がひとりで消費したこともある。なんだかんだ僕らにとって思い出深くて身近なおかずたちだ。

互いに思い出に耽っていると、頼子がふと「くふふ」と笑った。

「弁当箱を返したときの修くんの顔、すごく嬉しそうだったのよねー。実際、手羽元の甘辛煮も白和え（しらあ）も出汁（だし）巻きもすごくおいしくて、ビールのおつまみにちょうどよくてさ。くせになっちゃったもん」

「やっぱりつまみにしてたんだ。そんなことだろうとは思ってたけどさ」

「でもおいしかったのよ。昼でも夜でも、いつでも食べられるご飯って素敵じゃない？あーあ。がっつり胃袋つかまれちゃったなあ」

まったく、このひとは。でも、僕も君の「おいしい」って言葉が聞きたいばかりに、ずっと頑張っているんだ。

そんなことを言っているうちに卵が巻き終わった。等間隔に切っていき、長方形の皿に置く。どうせなら、大根おろしをつけたいところだけど……

炊飯器が「ピー」と音を鳴らして呼ぶ。手羽元もグツグツと煮えており、蓋を取ると水分が抜けていてこってりと仕上がっている。菜箸（さいばし）で手羽元を突き刺して少しほぐすと、ほろほろと身が離れていくのでちょうどいい頃合いだった。火を止めて、鍋から出して深皿に盛り付ける。冷蔵庫から白和え（しらあ）を出して、こっちも小皿に取り分けた。

「ご飯だー！」

頼子が元気よくキッチンに入ってきた。炊飯器を開けて、さっそくしゃもじで白米を混ぜる。まだ蒸（む）らし終わってないのにと思ったけど、まぁいいや。

ともかく、腹が減った。

テーブルについて、ふたりで向かい合う。

頼子が缶ビールを開けた。今日は僕も飲むことにする。一本だけ。

「それじゃ、かんぱーい」

頼子が元気よく缶ビールを掲げた。缶を合わせる。コンッと音を鳴らし、同時にビールを飲んだ。

外はひぐらしが鳴いていて、夏の風情を感じさせる。じきに濃い夜がやってくる。

「さぁ、食べよう。いただきまーす」

頼子はすぐに箸を手羽元に伸ばした。箸と手で器用に食べる。唇に甘辛ダレをつけて、もぐもぐ食べながらふにゃりと笑う。「んふふふ」と笑い声を漏らして夢中で食べていく。

それを見ながら、僕は白和えを食べた。

味付けもろくにしていないのに、しっとりとした食感と優しい甘み、しみる旨みが均一だ。おまけに、冷たいからいくらでも食える。

出汁巻き卵はほこほこしていて、一口噛むと出汁の風味がジーンと広がる。そのあとを追いかける卵が甘い。やっぱり大根おろしも欲しかったな。

「修くんの出汁巻きは、醤油かけなくても食べられちゃうからいいよね。ほんと、おいしい。いくらでも食べられちゃう」

　頼子も堪能しているようで何よりだ。

　僕は手羽元に手を伸ばした。しっかり濃い醤油がほどよく甘辛い。鶏肉がちゃんと柔らかく、それでいてジューシーで肉汁があふれてくる。噛めば噛むほどうまい。食べる手が止まらなくなる。

　それから僕らは静かに食べていた。時折、頼子が「あー、うま」「やばい、もうなくなる」と言うくらいで、それでもあっという間に平らげてしまった。

「——あーあ。食べちゃった」

　最後の一本も食べ終えてしまい、頼子は手羽元の骨を皿に落とした。そして、僕にウェットティッシュを渡してくる。

「久しぶりに修くんのご飯を食べた気がするなー」

「そうだっけ？　この前の土曜日もカレー作ったと思うんだけど」

「そうだったね。あはは。なんか、昨日あんな雰囲気になったから、一日が長く感じちゃって」

　声には一切、嫌味はなかった。むしろ晴れやかで、それでいてうんざりとしている。

頼子は二本目のビールを開けた。少し目を伏せている。

「まぁ、なんて言うの。修くんとこれからうまくやってけるのかなーって考えることが多くなって」

そう言われてしまうと言葉に詰まる。僕らはこの数日間、お互いが見えていなかったんだろう。昼間に様子を見る、見られていると分かっていたあの毎日が、まさかこんなところで「実は大事だったんだろうな」と思えてしまうとは。

「……と言うのも、実は同棲を始めてすぐ、親から結婚をせっつかれてましてね」

頼子は苦笑いした。

「もう三十なんだし、修くんと早く結婚しろ結婚しろってうるさくて。ほら、うちって考えが古いもんだから。それに流されて、あたしまで焦っちゃって」

「え？　じゃあ、それで『昼飯チェック』をやろうって言い出したの？」

普段は穏やかでのんびり屋の頼子が妙に結婚というワードに敏感だったのは、それが原因なのか。

「まぁ、それもあるんですが。ほら、あたしもね、急に仕事辞めたわけだし……」

何やらモゴモゴと口ごもる。僕は頼子の顔を覗きこんだ。すると、彼女は右頬をぷくっと膨らませて僕の顔を押しのけた。

「もう、察してよ！　ばか！　あたしも寂しいんです！」

早口でまくし立てる彼女の言葉は驚くべき威力を放って（はな）っていた。いつになく恥ずかしがっている。頼子は「いーっ！」と照れ隠しに威嚇（いかく）した。

一方で僕はまじまじと彼女を見つめている。

「寂しいの？」

「そう」

「ジンジャーもいるのに？」

「そう」

「自分から会社辞めるって言っといて？　寂しいの？」

「そう！　あーもう、そうなの！　うはぁ、こんなはずじゃなかったのにぃ」

頼子自身、想定外だったんだろう。テーブルの下で足をばたつかせている。

これは意外な弱点だ。

僕は椅子にもたれた。笑いがこみ上げてくる。

「そうだったのかぁ。へぇえ。頼子も寂しいって思うんだ」

「そりゃ、人間だもの！　あーもう、こら、笑うなー！」

顔を覆って笑っていると、頼子の手がペチンと僕の手を叩いてたしなめた。あんまり笑うとまた拗(す)ねられる。

「だから！　修くんが『結婚できない』って言い出したときは、内心めちゃくちゃ慌てたのよ。あ、いや、別に結婚のために修くんと付き合ってるわけじゃなくてね」

すぐに手を振って弁解をしてくる。そんな頼子を探るように見てみると、彼女はおどおどしながら身を乗り出した。

「いや、ほんとだってば。あたし、修くんのこと、すっごく大好きだから！」

どさくさに紛(まぎ)れて盛大な告白をしてくれる。しかも無意識なものだからことさら面白く、僕はまた笑ってしまった。

まったく、照れて恥ずかしがるポイントがわけ分かんないよ。

僕の憧れだった彼女は、いつの間にか愛しい存在になっていた。

誰よりも僕を励ましてくれて、背中を押してくれて、頼りになる強いひと。でも、実はズボラでのんきで、怒ったら黙ってしまって、意外と手がかかるかわいいひと。知れば知るほど、やみつきになる彼女だから、絶対に手放(てばな)したくない。

でも、この気持ちをどう伝えたらいいか分からず、喉元で大渋滞してしまう。

「修くんってば、ここ最近また思いつめてたんでしょ」

なんだか心得たように言う頼子。

「でも、君だってそうだろ」

「まぁね。あー、やだやだ。あたし、こんなことで悩みたくない」

「じゃあ次から悩んだら言って。ちゃんと聞くから」

真剣に言うと、彼女は口をすぼめた。しかし、すぐにおどける。

「そうね。でも、修くんは頼りないから。自信もないし」

「うーん……」

ぐうの音も出ない。確かに僕は頼りない。もっと自信をつける必要がある。頼子のために。

僕が唸(うな)っているうちに、頼子はさっさと皿をまとめ始めた。そして、さっぱりとした笑顔で言う。

「ごちそうさまでした」

＊　＊　＊

恋愛における夢や理想というものには、愛情さえあれば難なくたどり着けるはずだと本気で思っていたのだが、この一年でそれは不可能だと気がついた。

いざ直面してみれば、今までの価値観は虚妄でしかなく、かと言ってすぐに切り替えられるわけでもなく、大きな壁となっている。結婚は恋愛のゴールでありこそすれ、人生のゴールではない。当然、愛だけでは乗り切れない。

見えているものがすべてではないし、見えないものにもちゃんと意味がある。

今日も今日とて、僕は彼女の昼飯チェックをする。頼子は相変わらず、朝起きるのが遅く、昼食も適当に済ませているのだが。

でも、チェックを始めたころと比べて僕の目はかなり緩くなった。今や頼子は自主的にご飯を食べるから、いよいよ本格的にお役御免かな。

こと食事に関してはいまだに相容れないこともある。でも、お互いに遠慮はなくなり、なんだかんだ文句を言いつつ言われつつ、一歩ずつ歩み寄っているから問題はない。


八月九日。

僕は頼子を誘って、麹野町にあるあの和食居酒屋へ行った。飾り気のない煙たい場所だが、ふたりで足しげく通った思い出の店だ。

「こういうときって、おしゃれなイタリアンとかフレンチとか、そういうとこに連れてってくれるもんじゃないの？」

酒を頼んですぐ、頼子が非難がましく言った。右頬が膨れているので本気じゃない。

「だって、プロポーズしにきたわけじゃないから」

予防線は先に張っておくべきだ。

僕の言葉に、頼子は「ちぇっ」と小さく不満げな声を漏らした。今日の彼女はいつもの緩いパーカーやサルエルパンツではなく、爽やかなアップルグリーンのワンピースと、大ぶりの丸いイヤリングをしていておしゃれだ。僕も少しは気を使って、生成りのサマーニットにワイドパンツを合わせている。

今日は、付き合って一年目の記念日。だから、場所はどうあれ気分はデートだ。

「去年の今日かー。すっかり懐かしいね」

運ばれてきたビールのジョッキを楽しそうに眺めながら、頼子が言った。

「あっという間だったね。いろんなことがあって、こうして今に至るわけだねー。はい、かんぱーい」

カチャンとジョッキを鳴らして一口飲んで、こみ上げる笑いをこぼしてふたりで肩を震わせる。

「早いね。もう一年」

すっかり遠く感じるあの時期を思い出す。

たぶん、僕らは来年も再来年もこうしてふたりで思い出に耽るんだろう。

あのころに比べたら会話の数も減って、ただただのんびりと静かに同じ方向を見る時間が増えた。

それもいくらか寂しいものだが、かと言って甘ったるいだけじゃつまらない。

すると、頼子が何かを思い出したように「ふふっ」とひとりで笑った。

「明日からもう会えないねーって話になっちゃったときを思い出した。修くんが、まさかあんなことを言ってくるとはねぇ。んふふふ」

不気味な笑いかたをする。

「なんて言ったっけ？」

すっとぼけてみると、頼子は意地悪そうに口を緩めた。

「また会いたいです。明日も、明後日も。ずっと」

「……よく覚えてるね」

忘れっぽいくせに、こういうことだけはしっかり覚えてるんだから。

「あれって『明日から会えないから付き合って』ってことよね？　普段からは想像もつかないくらい大胆で、びっくりしたんだよねぇ。勢いに任せてあたしも『こんなあたしで良ければ』って言ったけど。うふふ」

思い出はどうしようもなく恥ずかしいものだ。僕はぎこちなく笑った。いつまでもいじられるわけにはいかない。流れを変えようとわざとらしく咳払いする。

「頼子」

「なーに？」

僕はショルダーバッグを開けた。中から細長い箱を出す。シックな黒と赤の、ちりめんの和風な包みをまとったプレゼントを頼子の前に置いた。

「うわ、何なに？　プレゼント？　うわー！」

大げさに驚く頼子。僕は顔を隠すようにビールを飲む。

「開けていい？」

「どうぞ」

包みを取ると桐箱が出てくる。開けると、黒い箸が顔を覗かせた。

「あら、きれいなお箸……やだこれ、お高いやつじゃ」

「高級ですよ」

おどけて言うと、頼子は「ぶほっ」と噴き出した。

黒檀の箸は渋めながら箸頭が螺旋状の削りになっており、とても使いやすい形状だ。

「いやぁ、修くんらしいプレゼントよね。さすが、あたしの専属管理栄養士」

「まぁ、なんと言うか……これからも、ずっとその箸(はし)で僕のご飯を食べて欲しいなぁと、思って、ます」

　モゴモゴ言うと、頼子も照れ臭そうに「でへへ」と笑って僕の腕を肘(ひじ)でつついた。

「あれあれ？　プロポーズしないんじゃなかったの？」

「それはちゃんとするから」

　ついごまかしてしまった。すると、頼子は箸(はし)を指でなぞりながら言う。

「えー？　ほんとにぃ？　痺(しび)れ切らしてあたしから言う未来が見えるんだけど」

「いや、絶対に僕が言うから」

「うーん、いつになるやら」

　どうにも信用がない。

「僕から付き合って欲しいって言ったんだから、頼子は焦らなくていいんだよ。まぁ、僕じゃ頼りないかもしれないけどさ」

　意地になって言うと、頼子は「はいはい」と軽くあしらった。

「そうねぇ……今は、修くんもようやく仕事が楽しくなってきたみたいだし？　あたしもまだ新しい仕事に慣れてないし、もうしばらくはのんびりしようか。それがいいよね、あたしたちは」

ようやく足並みが揃ってきたところだから、これからは一緒に一歩ずつ歩んでいけたらいい。

「うん。そうだね」

「じゃあ、そういうことで」

箱を閉じ、大事そうにハンドバッグの中へしまう。すると、注文していた料理が届いた。

頼子の好物ばかりが並ぶ見慣れた光景。照り照りの手羽元にさっそくかぶりつく頼子は、口元についた甘辛だれを舌ですくいとった。そして、怪訝そうに首をかしげる。

「……あれ？　修くんの味付けのほうがおいしいかも」

不意打ちの言葉がぽろっとこぼれた。その言葉がくすぐったくてしょうがなく、僕も確かめるように手羽元を食べる。

「あまっ」

甘辛いはずの醤油が無性に甘く感じた。

顔を見合わせて、僕と頼子はしばらく笑いが止まらない。

「頼子」

ひとしきり笑い、白和えに手を伸ばしながら言う。

「んー？」

「来年も、再来年も、ずっとよろしく」

「はいはい」

甘みのない返事を投げつけられる。

そっと顔を覗くと、頼子は恥ずかしそうに微笑んでいた。

おみやげ　特濃しっかりプリン

それは去年の十一月。僕がまだ彼女のことを「頼子さん」と呼んでいたころ。

あの勢いに任せた告白の翌日から――僕は、彼女に会えなかった。

しかし、すれ違ってもなんだかんだ頼子は僕との付き合いに前向きで、緩（ゆる）やかに連絡は取っていた。それで僕も我慢してしまうから、彼女との距離は一向に縮（ちぢ）まらない。ろくにデートもできず、頼子の好みも把握できず、にっちもさっちもいかない。自然消滅という言葉が脳内で点滅することもしばしばで、また仕事に行き詰（づ）まっていたこともあり、僕の自信が地に落ちていくことは明白だった。

仕事に私情を挟むのはもってのほかだが、このときばかりはどうにも上（うわ）の空で、それも仕方がなかろうと開き直っている。

日がな一日、一喜一憂。気分はどんどん滅入（めい）るばかりで、定時を過ぎてもひとりでデスクに居残っていた。パソコンの画面に出した仕様書は真っ白で、スマートフォンの画面も相変わらずおとなしい。

「はぁ……」

マウスよりも、スマートフォンの画面に手が伸びた。

連絡、返ってくるかな。これでもし反応がなかったら。明日に持ち越しだったら。

でも、信じたい。そして懸けてみたい。

すでに指は頼子の電話番号を呼び出していた。

何度目かのコール。そして、ブツッと音が途切れる。つながったか。

「あ、あの、頼子さ」

『おかけになった電話番号をお呼びしましたが、お出になりません』

＊＊＊

終電の前にパソコンの電源を落とした。部署の電気を落として、誰もいない廊下を歩くと、白い蛍光灯と非常口の緑色が眩しくて目を伏せた。かばんを肩に掛け直して、コートのボタンを留めながらエレベーターで一階まで下りる。閉店したカフェを横目に、ビルの守衛室に挨拶をしたのもほとんど無意識で、外に出たら空っ風が鼻の頭を冷やした。

勝手に落ちこんで、勝手に裏切られた気分になっているのは分かっている。だから余計に誰のせいにもできないし、そもそも誰のせいでもない。何に対して怒っているのか悲しんでいるのか。

つまり、僕が一方的に恋をしているだけなんだ。そんな現実を突きつけられているような感傷に浸(ひた)って駅まで歩いた。

時折、肩からずり落ちるかばんを気にしながら、早足で街の喧騒を離れて、帰宅途中のビジネスマンや飲み会終わりの学生たちに紛(まぎ)れて、ホームまで歩いて歩いて歩いて。定期券を出そうとコートのポケットを探ったら、スマートフォンのカバーに指が触れた。あと一時間で日付が変わる——

「……はぁ。あーもう」

終電間際の駅は急ぎ足のひとで満ちており、ここで立ち止まったら嫌な顔をされるのは当然だった。しかし、その波に足が逆らった。

彼女の家は、この街の隅にある。何度もふたりで通った居酒屋の真ん前のアパート。知っているくせに近寄ろうとしなかった。何を遠慮する必要があったんだろう。連絡をよこせと何度も言っているくせに、肝心なことはできずにバカみたいだ。

駅を出て、広場を横切ったら、地面を蹴飛ばして走っていた。

僕のことを見て欲しい。興味を持って欲しい。知って欲しい。明日も明後日も会いたいって言っておいたのに、ほっとくなんてひどいだろ。散々溜めこんだ不満をぶつけてやる。その権利が僕にはある。

カステラのようなアパートの二階、真ん中の部屋が頼子の部屋。茶色のチョコレートっぽいドアの横、黒いインターホンを迷いなく押した。そのころには吸いこんだ冷たい空気のせいで喉が渇き切っていた。こんなに走ったのはずいぶん久しぶりで、階段を上るのが恐ろしくきつかった。

インターホンのチャイムが部屋の向こう側へ響き、やがて玄関に向かってくる足音が聞こえてきた。誰が来たか確認もせずに、すぐに玄関が開く。

「修くん？　どうしたの？」

メガネがずれ、両目を丸くして玄関を大きく開け放（はな）った頼子は仕事中だったのか、前髪を無造作にくくって疲れた目元をしていた。

「頼子さん、急にごめん」

「いや、いいんだけど……電話したのに、気づいてくれないんだもん」

その言葉に口を開きかけるも、ポケットのスマートフォンを出す。彼女にしては珍しく三回の折り返しがあった。

「あ、ごめん……でも、直接、会いたくて」

「みたいだね」

彼女はクスクスと肩をすくめて笑ったが、すぐに苦々しく口を結んだ。

「ごめんねぇ、なかなか会えなくて」

やがて、頼子は申し訳なさそうに言った。これにいつも期待して裏切られるんだ。今日こそはガツンと言ってやらないと。

「その言葉、聞き飽きた」

「あー、うん。そうだよねぇ……あ、入って。寒いでしょ。あったかいお茶入れる」

「ううん。いい。終電間に合わないし」

拗ねた口は、なかなか素直になってくれない。

頼子も困ったように眉をひそめ、部屋に戻りかけた足を僕のほうへ向け直す。すると、足元で「のぉおん」とジンジャーの伸びやかな鳴き声がし、心配そうに僕らを見上げた。

「修くん、何かあった？」

「あったと言えばそうなんだけど、まぁ……言いたいことだけ言いにきたんだ」

「な、何を？」

不意打ちの訪問で面食らっているのか、動揺しているのか、まぁなんでもいい。僕は思い切って息を吸った。

「僕をあんまり、ほったらかしにしないで欲しいって、もっと話したいって、言いにきた。僕は結構、寂しがり屋なんだ。それに、明日は、僕の誕生日だから」

日付が変わったら誕生日がくる。十一月十一日。誕生日前夜のこの日くらい、せめて好きなひとと一緒にいたい。頼子に出会った二十六歳を嫌な気分で終えたくない。

その理由があまりにもバカバカしくて、僕は自嘲気味に笑った。こんなだからいつまでも本気にされず、弟扱いされるんだ。

しかし、頼子はかなり重く受け止めたらしく、困惑いっぱいの表情で僕を見ていた。

「ごめん、修くん」

「いや、急にこんなこと言って、こっちこそごめん。言いたいこと言えたから、もう大丈夫。仕事、頑張って」

恥ずかしいから、この場から逃げ出したい。

「もう遅いし、寒いしね。それじゃ、また」

「待って、修くん」

「お疲れさま」

ドアから離れて、無理やり閉める。有無を言わさず逃げるように背を向けて、アパートの階段を駆け下りた。振り返らずに駅までの道を行く。どうにも気分が不安定で、今はどちらかというと晴れやかではあった。そんな中、気が抜けたように胃袋が音を鳴らす。

「あー、腹減ったな……」

そういえば、昼から何も食べてない。


一つ歳をとったからと言って、浮かれてはしゃぐほど余裕はない。ひとりきりの誕生日をつつがなく終える。それでいい。彼女とはまた時間が合ったときにゆっくり会えたらいいんだし——というのはかなり強がりではあった。

仕事帰りに奮発して回転寿司でも食べに行こうか。でも、冷凍食品がすし詰め状態の冷凍庫をどうにかしないといけないので、早々に諦める。

そんな電車での帰り道、スマートフォンに通知が入った。

【仕事終わったよね？　今からそっちに行くから！】

「え？」

ほかでもない、頼子からの初めての強引な押しかけだった。

そっちに行く？　でももう会社から離れてるんだけど。

とりあえず震える指で返信し、僕の家で落ち合うことになった。

マンションの一階、エントランスから右に入って二番目が僕の部屋であり、鍵をポケットから出しながら向かえば、玄関前に彼女がいた。

いつもと違うハーフアップで、耳が寒そうで、メガネの奥の目をアイシャドウで縁取って、頬もなんだか赤い。服装はロングカーディガンにオールドグリーンのセーターとこげ茶のタイトスカート。スニーカーで走り回る彼女にしては珍しく、かかとの高いブーツだった。明らかなよそ行きスタイルで僕の前に現れた。そのインパクトは強く、しばらく声が出てこない。

「誕生日、おめでとう」

そう言って、彼女は照れ臭そうに歯を見せて笑った。

手に持っている茶色のボール紙みたいなケーキボックスを差し出してくる。それを受け取って、ようやく声が出た。

「えーっと、とりあえず、部屋上がる？」

「当たり前だよ。そのために仕事を徹夜で終わらせて来たんだから」

頼子は右頬を膨らませた。なんだか申し訳なくなってくる。

鍵をさして、ドアを開けて、頼子を先に中へ入れる。そこまで無意識だった僕は、彼女が部屋に入ってようやく「あっ」と声を上げた。

「待って、片付けてない！」

「ええ？　いいよう、別に。むしろあたしん家のほうが散らかってるくらいだよ」

「でも」

「今日は誕生日パーティなんだから、主役は黙って座ってて。お邪魔しまーす」

止めても無駄で、彼女は雑にブーツを脱いで上がっていってしまった。

「なーんだ、怪しいものでも置いてるのかと思ったら、全然きれいじゃん」

もう何も言うまい。テーブルにぶちまけていた本や書類をさっさと脇に避けた。ボール紙のケーキボックスを開く。

中に入っていたのは、店で買ったとは思えないシンプルなカスタードプリンが二つ。よく見てみると、上部は固そうで、気泡の跡がいっぱいある。その上に薄いカラメルソース。卵をたっぷり使ったと思しき濃厚な香りがした。

「手作り？」

訊くと、彼女は「ふふん」と得意げに胸を張った。

「ケーキじゃないの？」

無粋な僕は素朴な疑問を投げる。途端に頼子の顔がくもった。

「スポンジ焦がしたからやめた……ケーキがよかった？」

「いや、というか手作りなのが意外で。頼子さん、食べる専門だとばかり」

「えぇ？　ひどーい。あたしだって料理くらいはするよー。好き嫌い多いから作ったほうが楽だし」

「あー、なるほどねぇ……」

すんなり納得できてしまう。確かに、飲みに連れていってもらうとき、決まったつまみにしか手をつけなかったような。思い出していると、彼女は心得たように指をパチンと鳴らした。

「あ、分かった。バースデーケーキに、チョコレートのプレートに『修くん、誕生日おめでとう』って書いたやつがよかったのね。ろうそく二十七本用意しよっか」

「子どもじゃないんだから、この歳でそれはきついって」

これ以上、情けない姿を見せられるか。全力で拒否させていただく。

僕はプリンを箱から取り出してテーブルに並べた。クリアで底が丸いカップは、百円ショップで揃えたものだろうか。プラスチックが意外と頑丈だ。

「スプーン……あったっけな」

どこにやってしまったのか覚えてないくらい、この家でスプーンを見る機会はない。

狭いキッチンに立ち、その後ろから頼子が言った。

「コートくらい脱ぎなさいよ」

「あ、あぁ、うん」

言われてコートを脱いでクローゼットの中に放り投げた。それに彼女が「雑っ」と意外そうにツッコミを入れる。しかし、僕はそれどころじゃなく、急いでキッチンの棚や引き出しをあさる。同時にやかんで湯を沸かし、ずいぶん使ってないマグカップを出した。スプーンは見つからない。

マグカップもひとつしかないから、僕のぶんはグラスに麦茶を注いだ。

あ、あった、スプーン。でも二本目はないから、コンビニでもらったプラスチックのスプーンを引き出しから探し当てる。

ひとり暮らしだし、友人を家に上げることもないから食器が異様に少ない。まったく、僕も僕で油断していた。恋人がいるという自覚が足りない。

とにかく湯が沸いたので、素っ気ないインスタントのコーヒーを急いで作る。

「お待たせ」

マグカップを渡すと、彼女は「ありがとう」と朗らかに笑った。湯気でメガネをくもらせ、すかさず顔をしかめるから面白い。

改めて見ると、この光景は異常だ。僕の部屋に彼女がいるという状況が奇妙で笑えてくる。

「食べていい？」

統一感のないちぐはぐなスプーンとプリンを並べて訊くと、彼女はメガネを拭きながら照れたように言った。

「どーぞ」

「いただきます」

こういうとき、デザートスプーンがあればゆっくりと味わうことができるのに、プラスチックのスプーンではプリンの表面ほとんどをすくい取ってしまう。

ドキドキしながら思い切って一口食べた。すぐに舌の上を砂糖の甘みが襲い掛かる。続いて、蒸した卵の香りが鼻の中へむわっと上ってくる。おまけに食感は固い。コンビニやケーキ屋で売っているプリンは底へいけばいくほど滑らかにとろけるのだが、彼女の手作りプリンはなんというか……粗い。

とろみのない、しっかりとした弾力がある。でも、卵の味と砂糖の甘みは喧嘩することはなく、苦いカラメルがいい具合に調整している。無性に懐かしい味だ。

僕は黙ったままプリンを頬張った。それがどうやら不機嫌に見えたのか、彼女はマグカップで口元を隠しながらじっと僕の様子を窺っていた。

「……どう？」

「どうって」

「おいしくないなら無理に食べなくていいんだよ。あたしのズボラお菓子なんて、口に合うわけがないだろうし」

食えなくはない、とは言えなかった。言えるわけがなく、そして瞬時に「あぁ、しまった」とか「お礼を言ってない」とかあれこれ反省する。

そのままタイミングをつかめず無言で食べていたプリンをかきこんでしまい、しっかりと味わったあと、一息つくまで言葉を考えた。でも、気の利いた言葉はどれもあざとく思え、そしてどれもが嘘でコーティングしているようでもあり、結局出てきたのはシンプルに物足りない言葉だった。

「うまかった」

「……え？　えぇ？　それだけ？　そこは嘘でもいいからさぁ、めちゃくちゃうまいよーとか、こんなの食べたことなーいとか、君が作ってくれたものならなんでもうまいよーとか、言ってくれないの？」

そう言われても嘘はつけないんだ。全部考えたけどもさ。

とにかくそれからは黙ったままカラメルまで喉に流しこんだ。そして、いまだ手つかずのもう一個を見やる。

「頼子さん、食べないの？　だったらもらうけど」

訊（き）いてみると、彼女はますます困惑して顔をしかめた。

「なんで不味（まず）いプリンを食べるのよー。嫌味なの？　嫌味なのかー？　今まで散々ほったらかしにしてきた罰？」

恥ずかしがる彼女の目の前で、プリンをかっさらう。「あっ」と言ってももう遅い。

甘すぎて固いプリンを無心で食べる。

なんで、こんなに食べられるんだろう。甘いものが好物ってわけでもないのに、二個欲張ってもまだ食べたい。材料の分量とか調理器具とか、ほとんどありあわせで作られたような、全然整っていない味なのに。店に並ぶプロの味やコンビニで大量生産されて均一になった味とは違う、かたよった手作りプリンがこの世でもっとも好物であるかのように思える。

子どものころ、宏樹おじさんの店で食べた料理みたいにただただ単純に無邪気に「うまい」と感じる。僕のために作ってくれた、それだけの味だからだろうか。そう思うと、急にしっくりきた。

きっと、今までも僕は誰かとこういうやり取りをしたかったんだろう。

スプーンを置いて、天井を仰いだ。「ふー」と息をつくと甘い香りが昇（のぼ）っていく。

「あーあ、全部食べられちゃった」

残念そうに言う彼女だが、口元は嬉しそうににやけていた。

「ねぇ、頼子さん」

「んー？」

「また明日もプリン、作ってくれる？」

「誕生日じゃないのに？」

「誕生日にはケーキだよ、やっぱり。だから、とくになんでもない日にさ、食べたいなーって思ったら作って欲しいんだよ。僕は絶対食べるから」

少しだけ嫌味を含んで言ってみた。すると、彼女は苦々しく言った。

「それなら、しょうがないかぁー」

せめてもの仕返しは効いたらしく、今日の彼女はなんだかいつもの勢いがない。

「あの、」

「ねぇ、」

ほぼ同時に言葉が出てきたので、お互いに口をつぐむ。

「……どうぞ」

こちらから譲ると、彼女は「えへ」と舌を出して笑い、膝を抱きながらうつむいた。

「えーっと、修くん。あたしと一緒に住みませんか」

「へ？」

「どうせ引っ越すつもりだったからね。こんなにタイミング合わないんだし、修くんは寂しんぼうだし、あたしも連絡まめにしないし、それでやきもきさせてるのが嫌だなって思って」

……？　今、何が起きている？

「あ、でも修くんと一緒に住むんなら、ついでにご飯のお世話してもらいたいなーなんて」

おどけた後付けにも返す言葉が出てこない。なんだか声を掠め取られたみたいに口をパクパクして、今起きたことを頭の中で急いでまとめて……いや、全然まとまらない。彼女の言葉だけが無限にループしている。何か言わないと。

「えっと。じゃ、じゃあ……ご飯作ったら、食べてくれる？」

やっと出てきた言葉は自分でも呆れるものだった。彼女が言ったことをくり返しただけだ。頼子は目を見開いて驚き、それから「ぶはっ」と盛大に笑った。

＊　＊　＊

三月一日は、春とは言いがたい北風の強い日だった。雪でも降るんじゃないかと思ったけど、気温に対して空は晴れやかで、僕と頼子はふたりで新居の前に佇む。

「じゃあ、そういうことで」

そう言う彼女の適当な挨拶(あいさつ)がツボに入った僕は、しばらく笑いが止まらない。

「じゃあ、そういうことで」

僕も真似して言うと、不満そうに肘(ひじ)で横腹をつつかれた。

ここから、僕と彼女のおいしいふたり暮らしが始まる。

あやかし猫の花嫁様
湊祥
Sho Minato
不本意ですが イケメン猫と
新婚生活はじめます。
CHECK!
アルファポリス
第3回
キャラ文芸大賞
奨励賞受賞作!
田舎の一軒家で一人暮らしをする大学生の茜。それなりに平穏な毎日を送っていたはずが、突然、全てのあやかし猫を統べる化け猫・常盤の妻になってしまう。しかも、一緒に暮らさないと命を狙われるというオプション付き!? どんなに甲斐性抜群のイケメンでも、そんな結婚絶対無理――と、早々に離婚を申し出た茜だけれど、何故かこの結婚、ちょっとやそっとじゃ解消できない呪いがかかっていて……。自由すぎる極甘夫と円満離婚を目指す、新妻奮闘記!
◉定価:本体660円+税 ◉ISBN:978-4-434-28653-7
◉Illustration:ななミツ

枝豆ずんだ

あやかし姫を娶った中尉殿は、西洋料理でおもてなし

堅物軍人×あやかし狐の姫君

アルファポリス第3回
キャラ文芸大賞
あやかし賞
受賞作

文明開化を迎えた帝都の軍人・小坂源二郎中尉は、見合いの席にいた。帝国では、人とあやかしの世をつなぐための婚姻が行われている。病で命を落とした甥の代わりに駆り出された源二郎の見合い相手は、西洋料理食べたさに姉と役割を代わった、あやかし狐の末姫。あやかし姫は西洋料理を望むも、生真面目な源二郎は見たことも食べたこともない。なんとか望みを叶えようと帝都を奔走する源二郎だったが、不思議な事件に巻き込まれるようになり――?

●定価：本体660円+税　●ISBN:978-4-434-28654-4

●Illustration:Laruha

うちのあやかし、腐ってます。

古民家に住むBL漫画家のスローじゃないライフ

柊一葉

居候の白狐たちとのハートフル(!?)な日々

アルファポリス第3回
キャラ文芸大賞
特別賞
受賞!!

未央(みお)は、古民家に住んでいる新人BL(ボーイズラブ)漫画家。彼女は、あやかしである白狐(びゃっこ)と同居している。この白狐、驚いたことにBLが好きで、ノリノリで未央の仕事を手伝っていた。そんなある日、未央は新担当編集である小鳥遊(たかなし)と出会う。イケメンだが霊感体質であやかしに取り憑かれやすい彼のことを未央は意識するように……そこに白狐が、ちょっかいをいれてくるようになって——!?

◉定価：本体660円+税　◉ISBN:978-4-434-28558-5

◉Illustration：カズアキ

護堂先生と神様のごはん

Godo-Sensei and God's Meal....

ごどうせんせいと かみさまのごはん

Hinode Kurimaki

栗槙ひので

古民家に住み憑いていたのは、

食いしん坊の神様だった!?

★★ 第3回 キャラ文芸大賞 グルメ賞 受賞作! ★★

亡き叔父の家に引っ越すことになった、新米中学教師の護堂夏也(ごどうなつや)。古民家で寂しい一人暮らしの始まり……と思いきや、その家には食いしん坊の神様が住み憑いていた。というわけで、夏也はその神様となしくずし的に不思議な共同生活を始める。神様は人間の食べ物が非常に好きで、家にいるときはいつも夏也と一緒に食事をする。そんな、一人よりも二人で食べる料理は、楽しくて美味しくて——。新米先生とはらぺこ神様のほっこりグルメ物語!

◎定価:本体660円+税　◎ISBN 978-4-434-28002-3　◎illustration:甲斐千鶴

東京税関調査部、西洋あやかし担当はこちらです。

視えない子犬との暮らし方

人とあやかしの絆は国境だって越える!?

アルファポリス
第3回キャラ文芸大賞
大賞
受賞作

ギリシャへ旅行に行ってからというもの、不運続きのアラサー女子・蛍（ほたる）。職も恋人も失い辛～い日々を送っていた彼女のもとに、ある日、税関職員を名乗る青年が現れる。彼曰く、蛍がツイていないのは旅行先であやかしが憑いたせいなのだとか……

まさかと思う蛍だったけれど、以来、彼女も自分に憑くケルベロスの子犬や、その他のあやかしが視えるように！　それをきっかけに、蛍は税関のとある部署に再就職が決まる。

それはなんと、海外からやってくるあやかし対応専門部署で!?

●定価：本体640円＋税　●ISBN:978-4-434-28251-5　●Illustration：伏見おもち

この作品に対する皆様のご意見・ご感想をお待ちしております。

おハガキ・お手紙は以下の宛先にお送りください。

【宛先】

〒150-6008 東京都渋谷区恵比寿4-20-3 恵比寿ｶﾞｰﾃﾞﾝﾌﾟﾚｲｽﾀﾜｰ 8F
（株）アルファポリス　書籍感想係

メールフォームでのご意見・ご感想は右のＱＲコードから、
あるいは以下のワードで検索をかけてください。

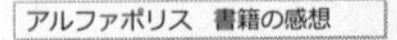

ご感想はこちらから

アルファポリス文庫

おいしいふたり暮らし～今日もかたよりご飯をいただきます～

小谷杏子（こたに きょうこ）

2021年 3月31日初版発行

編集－本丸菜々
編集長－塙綾子
発行者－梶本雄介
発行所－株式会社アルファポリス
〒150-6008東京都渋谷区恵比寿4-20-3恵比寿ｶﾞｰﾃﾞﾝﾌﾟﾚｲｽﾀﾜｰ8F
TEL 03-6277-1601（営業） 03-6277-1602（編集）
URL https://www.alphapolis.co.jp/
発売元－株式会社星雲社（共同出版社・流通責任出版社）
〒112-0005東京都文京区水道1-3-30
TEL 03-3868-3275
装丁イラスト－ななミツ
装丁デザイン－AFTERGLOW
印刷－中央精版印刷株式会社

価格はカバーに表示されてあります。

落丁乱丁の場合はアルファポリスまでご連絡ください。

送料は小社負担でお取り替えします。


ISBN978-4-434-28655-1 C0193